SOUVENIRS

SUR

TOURGUÉNEFF

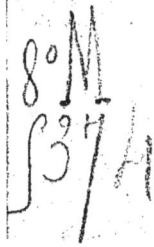

ROMANS ÉTRANGERS MODERNES

Collection in-18 jésus à 3 fr. 50
Envoi franco au reçu du prix en un mandat ou en timbres-poste.

ANSTEY, **Vice versâ**, trad. de l'anglais. 2ᵉ édition. 1 vol.

LERMONTOFF. **Un Héros de notre temps**, traduit du russe par A. de Villamarie, avec un portrait de l'auteur. 2ᵉ édition. . . . . 1 vol.

NARCIS OLLER. **Le Papillon**, traduit du catalan par Albert Savine, avec préface par Émile Zola. 2ᵒ édition. . 1 vol.

PEREZ GALDOS. **Doña Perfecta**, traduit du castillan par Julien Lugol, avec préface par Albert Savine. 3ᵉ édit. 1 vol.

COMTE LÉON TOLSTOÏ. **Dernières nouvelles**, traduites du russe par Éléonore Tsakny, avec un portratt de l'auteur par Théophile Bérengier. 4ᵉ édition . . . . 1 vol.

COMTE LÉON TOLSTOÏ. **Que faire?** traduit du russe par Marina Polonsky et G. Debesse. 3ᵉ édition. . . . . 1 vol.

JUAN VALERA, de l'Académie espagnole. **Le Commandeur Mendoza**, traduit du castillan par Albert Savine. 3ᵉ édition. . . . . 1 vol.

GIOVANNI VERGA. **Les Malavoglia**, traduit de l'italien par Édouard Rod. 3ᵉ édition . . . . 1 vol.

Sous presse.

DIMITRI GRIGOROVITCH. **Les Parents de la Capitale**. . . . . 1 vol.

RECHETNIKOFF. **Ceux de Polipnaia**. . . . . . . 1 vol.

GIOVANNI VERGA. **Eva**. . . . . 1 vol.

En préparation.

Nouvelles chinoises, trad. par Abel Rémusat. 1 vol.

DIMITRI GRIGOROVITCH. **L'Enfant en caoutchouc** 1 vol.

HAWTHORNE. **Le Faune de marbre** . . . . . . 1 vol.

PALACIO VALDES. **L'Idylle d'un Malade**. . . . . 1 vol.

NARCIS OLLER. **Le Soufflet** . . . . 1 vol.

COMTE NICOLAS TOLSTOÏ. **Récits d'un chasseur**. 1 vol.

CHTCHÉDRINE. **Les Messieurs Golovleff**. . . . 2 vol.

POMIALOVSKY. **La Bourse** . . . . 1 vol.

Typ. A.-M. BEAUDELOT, 9, place des Vosges, Paris.

Ch. Bérangier

Photogravure V. Michel.

Albert Savine Éditeur

ISAAC PAVLOVSKY

SOUVENIRS

SUR

TOURGUÉNEFF

PARIS

NOUVELLE LIBRAIRIE PARISIENNE

ALBERT SAVINE, ÉDITEUR

18, RUE DROUOT, 18

1887

SOUVENIRS

SUR

TOURGUÉNEFF

I

Sur l'avis des médecins, j'allai passer en Italie
l'hiver de 1878.

L'ennui, l'impossibilité de me livrer à un travail
quelconque et, à être absolument franc, le prurit
littéraire qui me tourmentait bien auparavant, me
contraignirent à prendre la plume,

Il en résulta une petite étude psychologique :
En cellule, dont j'aurai l'occasion de reparler au
cours de ce livre.

Comme tout débutant, je voulus, il est aisé de le
comprendre, connaitre l'opinion d'un homme com-

pétent sur mon travail. Par malechance, il n'y avait pas à San Remo d'homme de ce genre : il n'y avait même pas un Russe.

Imaginez donc avec quel bonheur je reçus un beau jour une lettre d'un de mes compatriotes qui arrivait à Paris après un voyage dans l'Amérique du Nord et me racontait en détail son entrée en relations avec Tourguéneff.

« Qu'il soit un grand écrivain, personne ne l'ignore ! disait-il dans cette lettre. Mais que cet homme ait une âme limpide, une âme d'enfant, que ce génie daigne descendre de son trône rayonnant assez bas pour s'intéresser comme un bon grand-père au sort de gens aussi petits que moi, voilà ce que personne ne sait !... »

La lettre était toute sur ce ton d'enthousiasme.

Comme je connaissais à fond le compatriote dont il s'agit, je m'expliquai fort bien qu'en Tour-guéneff il s'enthousiasmât de l'homme plus que de l'écrivain. Mon compatriote n'entendait pas grand chose à la littérature. Je crains même qu'il n'eût une connaissance insuffisante de l'œuvre de Tourgué-neff. Cette lettre peignait d'ailleurs bien exactement — je pus m'en convaincre plus tard, — la figure sé-duisante du romancier et l'enthousiasme qu'il inspirait toujours à ceux qu'il *voulait* connaître. Les autres le trouvaient sec, hautain et même méchant.

En recevant cette lettre de Polivanoff, — je désigne ainsi mon ami, car j'aurai plusieurs fois à reparler de lui dans le cours de ces souvenirs et je ne puis, pour des raisons que l'on comprendra, lui laisser son vrai nom, — en recevant, dis-je, cette lettre de Polivanoff, je me décidai à lui envoyer mon manuscrit pour qu'il le communiquât à Tourguéneff. Mais quand il fut empaqueté et ma lettre faite, j'eus un moment de défaillance. Je rougis d'occuper l'attention de mon poète adoré de pareilles fadaises. Quelques jours plus tard, cependant, j'écrivis à Polivanoff mes désirs et mes hésitations. En réponse, je reçus ce billet : « Envoie immédiatement; Tourguéneff attend et, selon ton désir, il promet de te dire franchement son opinion sur ton travail. »

Oh ! vous qui débutez, vous seuls pourriez comprendre avec quelle angoisse j'attendais l'arrêt de Tourguéneff que je lisais et que je relisais sans cesse depuis mon enfance, et que je savais presque par cœur.

Enfin la lettre arrive.

Je l'ouvre et peu s'en faut que je ne m'évanouisse.

Ce n'est pas un éloge banal et poli. C'est un panégyrique me comparant à je ne sais quels grands écrivains, prédiction d'une carrière littéraire des plus brillantes...

Si je raconte ce fait personnel et bien d'autres dans ce livre, je tiens à le dire tout de suite, ce n'est pas par gloriole, mais parce que c'est là aussi un des traits caratéristiques de Tourguéneff.

S'il remarquait chez quelqu'un un éclair de talent, un signe quelconque d'originalité sympathique dans le caractère, il s'enthousiasmait naïvement, bonnement, avec une exagération d'enfant. Il parlait à vous de son protégé, il le louait partout, il s'exaltait et faisait s'exalter les autres. Il oubliait alors ses propres travaux, courait chez ses amis lui chercher du travail, lui offrait son argent, ses livres, du crédit chez son tailleur et jusqu'à son propre linge. Ce dernier trait n'est pas une exagération. J'ai assisté à de pareilles offres.

Polivanoff, dont j'ai parlé plus haut, lui exposait un jour avec une chaleur extraordinaire sa théorie mystico-sociale, théorie qu'il avait rapportée d'Amérique. Tourguéneff l'écoutait avec plaisir. Sa physionomie avait pris une expression de bonté naïve ordinaire chez lui en ce cas. Quand Polivanoff eut

fini et qu'il prenait congé, Tourguéneff l'interpella
soudain avec un air timide.

— Écoutez, Polivanoff, on m'a envoyé des chemises qui sont trop étroites pour moi, prenez-les,
je vous prie.

— Mais que dites-vous donc ? J'en ai.

Tourguéneff insistait.

Polivanoff s'esquiva à grand peine en affirmant
que si les chemises étaient trop étroites pour Tourguéneff, pour lui elles seraient trop longues.

II

Quand j'arrivai à Paris, Tourguéneff me reçut comme un vieil ami. Deux semaines de suite, il me fixa des rendez-vous chez lui tous les matins, me questionna en détail sur les travaux que je projetais, me fit causer de mille choses, et pour m'encourager aux confidences, m'en donna l'exemple.

C'est ainsi qu'il fut amené à m'exposer ses appréciations sur les écrivains vieux et jeunes, russes et étrangers, en développant ses idées esthétiques.

Léon Tolstoï occupait le premier rang dans son estime.

— C'est le plus grand des romanciers contemporains. L'Europe ne contient pas son égal. Certes il n'est pas sans défauts. Bien souvent son style est incorrect : ses phrases sont trop longues. Il invente souvent des mots, mais chacun des mots qu'il invente vaut de l'or. Tous ses héros, dès les premières lignes, sont campés sur leurs pieds : ils parlent et agissent très personnellement, suivant la logique de leur tempérament et de la situation.

Cet éloge, dans la bouche de Tourguéneff, avait un poids d'autant plus grand, que l'accord n'avait pas toujours été parfait entre les deux grands romanciers.

Le début même de leurs relations n'avait pas été heureux. Leur correspondance porte à chaque page la trace de dissentiments sérieux, toujours conciliés, mais toujours renaissants.

« J'ai bien réfléchi à ce que vous m'écrivez, mon cher Tolstoï, lui disait Tourguéneff en novembre 1856, et il me semble que vous avez tort. En fait je ne puis être tout à fait équitable à votre égard, car je ne puis être absolument impartial. *Il me semble que c'est gauchement, dans une heure mauvaise, que j'ai fait connaissance avec vous :* quand nous nous verrons de nouveau, ça ira plus couramment, plus facilement. Je sens que j'aime *l'homme* en vous (l'écrivain, ça va sans dire), mais il y a en vous bien des choses qui me froissent et j'ai fini par penser qu'il était mieux de me tenir à l'écart de vous. Quand nous nous reverrons, nous tâcherons une fois de plus de marcher bras dessus bras dessous. Peut-être y parviendrons-nous plus facilement. A distance, quoique ceci semble bizarre, mon cœur se repose en vous comme en un frère, j'éprouve même de la tendresse pour vous... Bref, je vous aime, cela est hors de doute. Peut-être avec le temps en résultera-t-il tout le bien souhaitable. »

Cette lettre se terminait, d'ailleurs, sur un ton de confraternité cordiale.

« J'ai appris votre maladie, disait Tourguéneff en le blaguant un peu à Tolstoï qui se croyait poitrinaire, j'ai appris votre maladie et j'en suis chagrin. Je vous prie à présent d'en chasser le souvenir de votre tête. Vous êtes appréhensif, n'est-ce pas? Et pourquoi? Vous songez à la phthisie... mais non, franchement non, vous n'en avez rien à craindre...

« ... Vous avez fini la première partie d'*Adolescence*, c'est fort bien. Que je suis fâché de ne pouvoir vous l'entendre lire !... Si vous ne vous détournez

pas du droit chemin, et pourquoi vous en détour-
neriez-vous ? Vous irez très loin... Pour mon *Faust*,
je ne pense pas qu'il puisse vous plaire beaucoup.
Mes ouvrages pouvaient vous plaire, il est possible
même qu'ils aient eu une certaine influence sur
vous, jusqu'à ce que vous soyez devenu *personnel*.
A présent, vous n'avez plus besoin de m'étudier.
Vous ne voyez que la différence de la manière, les
traits qui font long feu, les lacunes... Il ne vous
faut étudier que l'homme, votre cœur et les vrais
grands écrivains. Moi, je suis un écrivain d'une
époque de transition : je ne puis être utile qu'à des
gens qui se trouvent dans un état transitoire. »

Il y avait bien un peu d'amertume dans la péro-
raison, mais qu'eût-ce été de près ! Tous ceux qui
ont connu Tolstoï jeune s'accordent à reconnaître
l'âpreté de son caractère, l'obstination de ses jugements.

Pendant l'hiver de 1855, raconte M. Annenkoff, le
confident de Tourguéneff, le comte Tolstoï était
le voisin et très souvent l'hôte de l'auteur des
Mémoires d'un chasseur.

Le jeune officier d'artillerie qui arrivait de
Crimée n'était pas tout à fait un inconnu. Le public
prononçait déjà avec quelque sympathie ce nom

promis à tant de gloire. Les gens du métier ne tarissaient pas d'éloges. Il venait de publier ses *Récits militaires* qui révolutionnaient la littérature par leur réalisme poétique. Tourguéneff aimait déjà à tendre la main aux gens de valeur. A titre de voisin autant qu'à titre de passionné du beau, il invita le jeune officier à passer quelque temps chez lui. Bien plus, il assuma sur lui un rôle difficile et toujours ennuyeux, celui de Mentor. Léon Tolstoï, en pleine fougue de jeunesse, inspirait alors quelques craintes à ses amis. On le disait délicat et certains signes inquiétants les engageaient à veiller sur lui, mais la tâche n'était pas aisée.

Peu de temps avant, le frère aîné du romancier de *Guerre et Paix*, Nicolas Tolstoï, était mort d'une phthisie galopante contractée par suite d'habitudes singulières de vie. On redoutait le même sort pour Léon, et on n'eût point voulu que par deux fois la Russie se vît privée du talent extraordinaire de ces Tolstoï.

Nicolas avait peu écrit. Comment l'eût-il fait lui qui, disait Tourguéneff, éprouvait autant de difficulté physique pour écrire qu'un ouvrier aux mains calleuses ? C'était cependant un conteur merveilleux et ses récits du *Sovriémenik* (*Le Contemporain*)

lui assurent l'estime des lettrés (1). Nicolas défendait et appliquait, dès ce temps-là les idées que
Léon a depuis exposées dans *Que faire ?* et dans
Ma *Religion*. Il habitait un logement misérable,
presque une masure dans un faubourg excentrique
de Moscou. Il partageait volontiers son gîte et son
pain avec le dernier des mendiants. Hélas ! il ne
partageait pas que son pain. Nicolas avait une
passion fatale pour les excitants et l'alcool ne con-
tribua pas peu au développement effrayant du mal
qui l'emporta.

Léon avait, lui aussi, un faible pour les orgies.
Ses amis d'alors déclarent qu'il jouissait d'un
renom franc de libertin et de coureur. Il avait une
ardeur endiablée en attendant qu'il songeât à se
faire ermite. Tourguéneff, cependant, s'était mis
en tête que ce grand talent se développât régulièrement et normalement et il y donnait tous ses
soins, mais Tolstoï se prêtait difficilement à cette
tutelle. Il s'y soustrayait fréquemment : d'autres
fois même il entraînait le convertisseur dans de

----

(1) Aux lettrés russes vont se joindre les lettrés français,
car la collection des Romans Étrangers Modernes, publiera
cet automne une jolie édition des *Mémoires d'un Chasseur*
de Nicolas Tolstoï.

bruyantes orgies et prenait plaisir à déjouer les complots de sa sagesse.

Ce n'était point tout.

Tolstoï était un original. Il ne respectait rien. Il cherchait à s'éclairer sur tous les phénomènes de la vie, sur tous les problèmes de la conscience. Il niait toute tradition historique ou théorique, prétendant que ce sont là tout autant d'inventions des hommes pour se flatter eux-mêmes ou pour flatter les autres. « C'était, dit quelqu'un qui l'a bien connu, un esprit de sectaire, logique dans ses déductions, mais rebelle à toute autre injonction qu'à un mot inspiré, gravé on ne sait comment dans les profondeurs de sa conscience. » Un trait rendait surtout les relations difficiles avec lui, trait qui s'est développé depuis et qui devint pour ainsi dire la base de la philosophie sceptique et sombre qui est le contrepoids de son humanitarisme. Tolstoï ne croyait jamais à la sincérité des hommes. Toute impulsion naturelle lui paraissait fausse. Chaque fois qu'il s'imaginait prendre son interlocuteur en flagrant délit de fourberie il clouait sur lui un regard perçant comme une vrille. Tourguéneff disait souvent qu'il n'avait de sa vie éprouvé d'impression plus gênante que ce regard

scrutateur. Quand quelques-uns de ces mots caustiques dont le comte avait le secret et qui le faisaient comparer par Tourguéneff à un *jeune vin
non dépouillé de sa verdeur*, quand quelques mots
caustiques accompagnaient ce regard, il y avait de
quoi mettre hors de lui un homme qui n'eût pas été
bien maître de lui. Il paraît que Tolstoï avait choisi
pour but à ses taquineries son ami Tourguéneff.
« Il lui déplaisait, dit quelque part M. Garchine,
de le voir se posséder si bien et il prenait plaisir à
exaspérer cet homme tranquille et bon. Il y tra-
vaillait avec autant d'assurance que s'il eut fait
une bonne œuvre. » Il mettait tout en jeu pour
parvenir au résultat qu'il s'était proposé : per-
sonnalités, discussions morales et littéraires.
Quelques fois il avait des jugements diamétra-
lement opposés au bon sens et aux admirations
consacrées par les siècles et les exprimait sous la
forme la plus tranchante. Il disait du *Roi Léar* de
Shakespeare que c'était une imbécillité, une rap-
sodie invraisemblable.

Il prétendait que Tourguéneff était un grand
esprit infesté par une manie répugnante d'affec-
tation. Il déclarait qu'il fallait s'en tenir sans res-
triction à l'étude de la vérité prise dans la vie

même. Tout en Tourguéneff, d'ailleurs, à ses yeux, confirmait ses assertions. Il affirmait que son ami avait les cuisses d'un phraseur, et tout cela était dit d'un ton si provoquant, que le Mentor avait été sur le point de claquer son Télémaque.

Tourguéneff ne négligea rien pour retarder le dénoûment fatal et logique de cette liaison qui semblait tissue de brouilles et de réconciliations.

Rien n'y fit.

« Hier mon bon génie m'a fait passer près de la porte, écrivait-il à Tolstoï, de Paris. Je suis entré pour demander si je n'avais pas de lettres poste restante et j'ai trouvé celle où vous me parlez de mon *Faust*. Vous comprendriez aisément combien il m'a été doux de la lire. Votre sympathie m'a sincèrement et profondément réjoui. En outre, toute votre lettre respire quelque chose de si pur et de si calme, une paix si amicale... Il ne me reste qu'à vous tendre la main *à travers l'abîme* qui s'est transformé depuis longtemps en une crevasse à peine perceptible et dont nous ne parlerons plus parce qu'elle n'en vaut pas la peine. »

On devait en parler au contraire et beaucoup, car la crevasse allait de nouveau se transformer en abîme. Les nuages s'amoncelaient au-dessus de cette amitié : la bourrasque éclata. Elle fut d'une violence rare.

C'était à Spasskoié-Célo, chez Tourguéneff. Il recevait en même temps le poète Fète, un *très bon garçon*, Tolstoï et un ami intime Borissoff. Une partie dans la propriété de Fète était organisée depuis la veille : on déjeunait en hâte, prêts à monter en voiture, quand un des visiteurs mal inspiré s'avisa de demander à l'hôte où était sa fille.

— Toujours à l'étranger, répondit-il. Elle y recevait une éducation exclusivement française. Cela n'entrait pas dans mes idées et je lui ai dernièrement donné une gouvernante anglaise, une brave, une excellente femme.

Tolstoï regardait depuis un instant Tourguéneff de son regard inquisiteur. Un sourire sardonique plissait ses lèvres.

— Et cette gouvernante, interrompit-il d'un ton railleur, elle fera avec votre fille, en se promenant, des visites aux pauvres gens. Elle laissera sur leur table de l'argent et des médicaments ? (1).

Tourguéneff, piqué de cette ironie déplacée,

(1) Voir *Que faire ?* traduction Marina Polonsky et Debesse. Albert Savine, éditeur.

répliqua qu'en tout cas il n'y avait là rien de mal, puisqu'en définitive les pauvres recevaient un petit secours et qu'on développait chez l'enfant la conscience du devoir qui s'impose à toute créature humaine de venir en aide à ceux qui souffrent.

— Alors, si ce n'est pas ceci, ce sera le reste... Si votre fille ne reçoit pas une bonne éducation, au moins les pauvres auront reçu quelque chose... C'est votre fille naturelle, n'est-ce pas ?

— Oui, et après ?

— Après !... Mais vous faites une expérience *in anima vili !*

Le regard de Tourguéneff se troubla : il pâlit... Il eut peine à crier d'une voix que l'émotion bouleversait :

— Tolstoï, taisez-vous, ou je vous lance ma fourchette.

A ce moment, disait plus tard Tourguéneff, je vis s'allumer dans ses yeux la joie d'avoir atteint son but.

Sur le moment, les choses n'allèrent pas plus loin. Tolstoï rentra dans sa propriété. Tourguéneff et Borissoff accompagnèrent Fète dans sa terre : ils y passèrent quelques jours. Au retour, Tourguéneff trouva deux billets de Tolstoï; dans le

premier, l'auteur des *Récits de Sébastopol* le priait
d'agréer ses regrets très sincères : dans le second,
il disait, au contraire, que l'injure que lui avait
faite Tourguéneff ne pouvait se laver que dans le
sang, et il l'invitait à se rendre le lendemain entre
cinq et six heures du matin dans un endroit déter-
miné, pour s'y entr'égorger sans témoins.

Tourguéneff ne pensa pas pouvoir accepter un
duel aussi sauvage. Il envoya le lendemain son
ami Borissoff chez Tolstoï avec mission de lui pro-
poser un duel conforme aux usages et aux règles.
Tolstoï s'était, ce jour-là, levé de grand matin,
rapportait-on à l'envoyé : il était sorti dans la campagne, rentré tôt après et parti pour son domaine
d'Yasnaïa Poliana. Borissoff l'y suivit après une
conférence avec Tourguéneff. Ici Tolstoï déclara
qu'il ne se battait plus et il ne voulut même pas
entrer en pourparlers.

La Russie était sauvée de la douleur un instant
probable de perdre dans un duel fatal un de ses
deux grands romanciers. Ni Tolstoï ni Tourguéneff
ne devaient finir comme Pouchkine et Lermontoff...
La querelle ne fut pas close par le refus de Tolstoï
d'aller sur le terrain, comme il y avait provoqué
Tourguéneff. Les cancans jouèrent leur rôle et em-

péchèrent que cette querelle plus vive que les autres ne finît comme les autres avaient fini.

« Je me suis définitivement brouillé sec avec Léon Tolstoï, écrivait Tourguéneff à M. Annenkoff. Il ne tenait qu'à un cheveu qu'un duel s'en suivît. En ce moment le cheveu n'est pas encore rompu. *La faute en est à moi*, mais tout cela n'était que le résultat d'une ancienne hostilité, d'une antipathie de nos deux natures. Je sentais bien qu'il me haïssait et je ne comprenais point pourquoi il revenait tout de même vers moi. J'ai été forcé de me tenir à une certaine distance de lui, j'ai essayé de me rapprocher, et il s'en est fallu de peu que nous ne nous rapprochions l'un de l'autre le pistolet à la main. Je ne l'ai jamais aimé... »

Tout convaincu qu'il était d'avoir eu tort dans le principe, Tourguéneff ne s'attendait pas aux suites prochaines de cette brouille. Quatre mois plus tard, il apprenait à Paris qu'une lettre injurieuse, diffamatoire, de Tolstoï circulait à Moscou.

« Je suis amené, après de longues réflexions, et contre mes sentiments, à demander à Tolstoï une réparation par les armes, écrivait-il au même correspondant. J'ai informé de ce duel forcé Ketcher pour qu'il tâche de dissiper les mauvais

bruits qui courent sur mon compte à Moscou. Dans toute cette affaire, à part *le commencement où j'avais tort*, j'ai tout fait pour éviter cette conclusion radicale ; mais Tolstoï tenait à m'acculer pour ainsi dire au pied du mur : je ne puis par conséquent faire autrement que de me battre. Au printemps prochain nous serons en face l'un de l'autre à Toula. Voici d'ailleurs la copie da la lettre que je lui ai écrite :

« Monsieur, j'ai appris au dernier moment, lors
« de mon départ de Saint-Pétersbourg, que vous
« répandiez partout à Moscou la copie de la der-
« nière lettre que vous m'aviez adressée, et en
« outre que vous me traitiez de lâche, disant que
« je ne voulais pas me battre avec vous, etc. Je ne
« pouvais retourner alors dans le gouvernement
« de Toula, j'ai continué mon voyage. Mais comme
« je considère votre manière d'agir, *après tout ce*
« *que j'ai fait pour réparer le mot qui m'est*
« *échappé*, comme déshonorante pour moi et mal-
« honnête, je dois vous prévenir que, cette fois, je
« ne laisserai pas cette affaire sans suite, c'est-à-
« dire qu'au printemps prochain, en retournant en
« Russie, je vous demanderai une réparation par
« les armes. Je dois vous prévenir en même temps

« que j'ai écrit à cet effet à mes amis de Moscou,
« pour qu'ils réagissent contre les bruits mal-
« veillants que vous répandez à propos de moi... »

Léon Tolstoï répondit par un démenti pur et
simple à ces accusations. Il ne propageait nullement la copie d'une lettre insultante à Tourguéneff. La rencontre n'avait plus de motif, elle
n'eût pas lieu. « Nous ne nous battrons pas, ce
dont je suis bien aise, » écrivait Tourguéneff à son
confident.

En effet, et malgré toute sa colère, Tourguéneff
conservait toujours de l'affection pour ce jeune
rival à qui il reconnaissait toutes les qualités d'une
âme honnête, capable de mener à bonne fin toute
entreprise, pourvu qu'il croie à son entreprise. Un
peu d'ironie se mêlait seule à ses éloges, quand on
venait lui dire que Tolstoï renonçait à la littérature
et ne voulait plus entendre parler que d'agriculture. L'auteur de la *Guerre et la Paix* avait parfois
de ces crises d'utilarisme, prélude de la crise plus
récente qui lui a fait sacrifier les *Décembristes*.
Alors il laissait croître sa barbe jusqu'au milieu de
poitrine, il laissait croître par derrière et sous les
oreilles un épi de cheveux.

Je ne sais si Tolstoï lisait les œuvres de Tour-

guéneff avec la même curiosité et la même impar-
tialité voulue, que Tourguéneff les siennes. Pour
ce dernier, *Les Cosaques* étaient un chef-d'œuvre.
Anna Karénine lui plaisait et lui déplaisait à la
fois. Il en vantait volontiers les parties « véritable-
ment superbes, la course de chevaux, la fauchaison,
la chasse, » il déplorait le procédé *menu* de la
deuxième moitié de cette œuvre. Pour lui, elle
était tout bonnement ennuyeuse. Le poète Polonsky
l'un de ses confidents ordinaires, reçut l'aveu de
son admiration, admiration mêlée de restrictions,
qui paraîtront parfois bien singulières.

« Ce roman de Tolstoï, *Guerre et Paix*, s'excla-
mait-il, est une chose extraordinaire. Ses points
faibles, précisément ceux dont notre public s'est
enthousiasmé, sont le côté historique et la psychologie. Son histoire est un tour de passe-passe,
obtenu par de menus faits qu'il jette aux yeux ; sa
psychologie est un méli-mélo monotone d'impressions toujours les mêmes. Mais toute la partie
réelle, descriptive et militaire, est de premier
ordre ; il n'y a pas chez nous un maître de la force
de Tolstoï. »

Aucun rapprochement n'avait eu lieu cependant
jusqu'à 1878. A cette date, Tolstoï prit l'initiative

d'une démarche, soit qu'il eut eu vent de l'empressement de son illustre rival à le louer et à le placer en littérature à un rang au moins égal, sinon supérieur au sien, soit qu'il perdit en ceci une des impulsions religieuses qui l'eut jeté dans le mysticisme, il écrivit à Tourguéneff son désir d'oublier le passé et de marcher de nouveau côte à côte et la main dans la main.

« Ce n'est qu'aujourd'hui, lui répondit sur le champ Tourguéneff, que j'ai reçu votre lettre poste restante. Elle m'a réjoui : elle m'a touché. Je suis prêt à renouer avec le plus grand plaisir notre ancienne amitié et je serre la main que vous m'avez tendue. Vous avez bien raison de supposer que je n'ai plus de sentiments hostiles à votre égard : s'ils ont existé, ils ont disparu depuis longtemps. Je ne garde de vous que le souvenir de l'homme à qui j'ai été sincèrement attaché, de l'écrivain dont j'ai su louer les premiers pas avant les autres, et dont chaque nouvel ouvrage a excité en moi le plus vif intérêt. Je me réjouis sincèrement de la cessation du malentendu qui avait surgi entre nous. J'espère cet été aller à Orel et alors, certainement, nous nous verrons... »

Il ne comptait cependant pas le voir avant d'avoir

obtenu de lui quelques éclaircissements sur les
origines de leur étrange brouille. Tolstoï en avait
décidé autrement. Son ardeur ne laissait pas place
à ces pourparlers. Il apprit un jour qu'il se trouvait
à Toula que Tourguénoff y était venu pour affaires.
Il se présenta chez lui inopinément et lui sauta au
cou. La réconciliation fut complète. Il emmena son
ancien ennemi dans sa terre d'Yasnaïa Poliana et
l'y garda plusieurs jours.

« Je suis arrivé heureusement ici jeudi passé,
lui écrivait peu après Tourguéneff, et je ne veux
pas manquer de vous répéter encore une fois quelle
belle, quelle agréable impression a fait sur moi
ma visite à Yasnaïa Poliana et combien je suis aise
que le malentendu survenu entre nous ait disparu
sans laisser plus de traces que s'il n'avait jamais
existé. Je le sens bien clairement, la vie, en nous
vieillissant, n'a pas passé inutilement sur nous...
Vous et moi nous sommes devenus tous les deux
meilleurs qu'il y a seize ans... Il m'a été agréable
de le sentir. »

Dès lors, à chacun de ses voyages en Russie,
Tourguéneff fit un petit séjour chez Tolstoï. Lors
du dernier, pendant une partie d'échec, une discussion s'éleva entre eux. Tolstoï prétendait qu'on

devait donner tout ce que l'on possédait aux pauvres et que quiconque se dérobait à ce devoir était aussi méprisable qu'un voleur. Tourguéneff le raillait de ces belles théories.

— Quoi ! tout ce que l'on possède !... Alors vous donneriez tout, tout ce qui est dans cette pièce, même la table sur laquelle nous jouons.

— Même la table sur laquelle nous jouons !

Quelques semaines plus tard, Tourguéneff apprit en effet que Tolstoï distribuait aux pauvres tout son argent, et que cette noble folie prenait de telles proportions que sa femme était contrainte de faire des démarches pour obtenir son interdiction.

Les idées de Tolstoï, ses recherches l'intéressaient très fort et le préoccupaient beaucoup.

— Pour lui, disait-il, l'époque de zèle orthodoxe est passée. Il ne songe plus à trouver une solution aux problèmes qui le tourmentent parmi notre clergé et nos moines.

Il n'en était pas plus rassuré pour cela, au contraire... Aussi s'attachait-il à le rappeler à ses devoirs envers l'Art.

« Vous avez dû, lui écrivait-il sitôt rentré à Paris, **vous avez dû recevoir une lettre de mon** ami Ralston, homme de lettres anglais et amateur de notre littérature, dans laquelle il vous demande quelques renseignements biographiques. J'espère que vous ne les lui avez pas refusé. C'est un homme excellent et très sérieux : ce n'est pas un *correspondant* ou un feuilletonniste. Vous savez déjà probablement que vos *Cosaques* ont paru en traduction anglaise à Londres et en Amérique, et à ce que je sais, ils ont eu un vif succès. Ralston s'est chargé de faire un grand article sur *la Guerre et la Paix*. Pour ma part, je lui ai envoyé une petite note des faits qui me sont connus de votre vie littéraire et sociale, et j'espère que vous ne m'en voudrez pas. *Les Cosaques* paraissent aussi en traduction dans le *Journal de Saint-Pétersbourg :* cela m'est un peu désagréable, car j'avais l'intention de les traduire avec Mᵐᵉ Viardot cet automne. D'ailleurs, si la traduction est bonne, il n'y a pas de quoi se désoler. Je ne sais si vous avez pris des mesures pour en faire une édition parisienne. Je ne sais même pas si la traduction est autorisée par vous. Dans tous les cas, je vous offre mes services. Il me serait fort agréable de rendre accessible au public français le meilleur roman écrit dans notre langue. »

2.

Tourguéneff reprenait en même temps le rôle de Mentor qu'il avait joué jadis auprès de Tolstoï jeune. Il le consolait et l'encourageait dans ses périodes de stérilité si fréquentes dans la vie des artistes et si désolantes pour eux.

« Je me réjouis, lui écrivait-il le 15 novembre de cette même année (1878), je me réjouis que tous les vôtres soient physiquement bien et j'espère que l'infirmité *intellectuelle* dont vous me parlez est également passée. Je la connais aussi. Elle survenait parfois, comme une fermentation antérieure avant le commencement d'une œuvre. Je crois qu'une fermentation analogue se fait en vous. Quoique vous me demandiez de ne pas parler de vos écrits, je ne puis ne pas remarquer qu'il ne m'est jamais arrivé, *même un tout petit peu*, de rire de vous. Quelques-unes de vos œuvres me plurent beaucoup ; d'autres me déplurent beaucoup. D'autres encore, comme *les Cosaques*, m'ont fait un grand plaisir ; elles ont excité en moi de l'admiration... Mais pourquoi aurais-je ri ?..... Je pensais que vous vous étiez depuis longtemps débarrassé de ces sensations-là. Pourquoi ne sont-elles connues que des hommes de lettres et pas des peintres, des musiciens et des autres artistes ?

Peut-être parce que dans une œuvre littéraire il entre davantage de cette partie de l'âme qu'il n'est pas bien commode de montrer à tout le monde. Oui, mais à notre âge on pourrait déjà s'y habituer un peu. Que je ne fasse rien et que je n'écrive rien ici, c'est malheureusement vrai, je dis malheureusement, non en général certainement, mais pour moi, car de la sorte l'ennui me prend. En vivant à l'étranger, j'ai cessé d'écrire. Du moins, j'explique mon inaction par ma vie à l'étranger... Vouloir travailler de force, c'est impossible. Il faut attendre l'heure qui arrivera..... »

A part ces tristesses de la conception littéraire, Tolstoï se désintéressait de ses œuvres. Tourguéneff se préoccuppait, on l'a vu, de la traduction des *Cosaques*. Il revient à la charge en décembre.

« On a trouvé ici un éditeur qui voudrait publier en volume la traduction parue dans le *Journal de Saint-Pétersbourg*. Mais il sait que la traduction est faible et il voudrait que le littérateur français Durand — connu par sa science de la langue russe — et moi nous l'examinions soigneusement. Nous y avons consenti volontiers. J'écris aussi une petite préface. En outre l'éditeur demande votre autorisation qui doit être conçue approximativement en ces termes. « *Je, soussigné, déclare, tant en mon nom qu'au nom de la personne qui a traduit et publié dans le* JOURNAL DE SAINT-PÉTERSBOURG, *ma nouvelle :* LES COSAQUES, *que je donne à MM. Ivan Tourguéneff et Émile Durand l'autorisation de publier cette nouvelle en France après avoir introduit dans le texte de la traduction les corrections nécessaires.* » (Signature, date et année.) J'espère que vous ne trouverez là rien de blâmable, et je peux vous assurer que nous tâcherons tous deux de ne rien faire, dont nous devions rougir, et nous offrirons au public français *les Cosaques*, sous la forme qu'ils méritent, c'est-à-dire mieux que ne l'a fait le traducteur américain. »

L'année suivante, la traduction de *la Guerre et la Paix* de la princesse Paskiévitch le surexcitait pendant quelques semaines. On lui avait écrit qu'on pouvait la trouver à Paris. Elle n'était nulle part, chez aucun libraire. Personne, dans le monde des lettres, ne savait qu'elle existât..... « Qu'on m'en fasse parvenir six exemplaires, concluait-il, je les ferai tenir à qui de droit..... je ferai une réclame dans les journaux..... Sans elle aucun livre, surtout étranger, ne peut se vendre. Je crains beaucoup la traduction faite par une dame russe.

Les éditeurs de Paris sont prêts à vous mordre quand on leur présente ce mélange du français de la bonne société avec le français de Nijni-Novgorod. »

Trois mois plus tard, à cette lettre au poète Polonski en succédait une autre adressée cette fois à Tolstoï, dans laquelle il l'informait de ses tentatives à Paris, et lui demandant des nouvelles des *Décembristes.*

« La princesse Paskiévitch qui a traduit votre *Guerre et Paix*, en a fait enfin parvenir ici cinq cents exemplaires. J'en ai reçu dix. Je les ai distribués aux critiques influents, entr'autres à Taine, à About... Il est à espérer qu'ils comprendront toute la force et toute la beauté de votre épopée. La traduction est un peu faible, mais elle est faite avec zèle et avec amour. J'ai relu ces jours passés votre œuvre pour la cinquième ou la sixième fois, toujours avec de nouvelles délices. Son tour est loin de ce qu'aiment les Français, de ce qu'ils cherchent dans les livres. La vérité cependant a son heure de triomphe. Je compte sinon sur une victoire éclatante, du moins sur une conquête durable quoique lente..... Vous ne me dites rien de votre travail, et cependant le bruit court que vous travaillez assidûment. Je vous imagine devant votre table de travail, dans cette izba solitaire que vous m'avez fait voir. D'ailleurs, j'aurai de tout cela des nouvelles de votre main. »

Nouvelle lettre quinze jours plus tard :

« Je copie pour vous avec une exactitude diplomatique le fragment de la lettre que m'a adressée M. Flaubert. Je lui ai envoyé la traduction de *la Guerre et la Paix*, malheureusement assez pâlotte :

« *Merci de m'avoir fait lire le roman de Tolstoï. C'est de premier ordre. Quel peintre et quel psychologue ! Les deux premiers volumes sont sublimes : mais le troisième dégringole affreusement. Il se répète ! Et il se philosophise !..... Enfin on voit le monsieur, l'auteur et le Russe, — tandis que jusque-là on n'avait vu que la Nature et l'Humanité. — Il me semble qu'il y a parfois des choses à la Shakespeare ! Je poussais des cris d'admiration pendant cette lecture...... et elle est longue !...... Oui, c'est fort, bien fort !*

« Je suppose qu'en somme vous serez content...

« J'ai distribué ici *la Guerre et la Paix* à tous les principaux critiques... Il n'a pas encore paru d'articles..... mais on a déjà vendu trois cents exemplaires... Au total on n'en a envoyé que cinq cents. »

Mais que Tolstoï abdiquât un instant son rôle de
pur artiste et Tourguéneff montait sur ses grands
chevaux. A la nouvelle de la publication de la
Confession à Stuttgart, il écrivait à M. Polonsky :
« Je plains beaucoup Tolstoï : d'ailleurs, chacun à
sa manière de tuer ses puces... » Et quand il avait
lu l'œuvre nouvelle, il ne désarmait pas.

« J'ai reçu ces jours-ci, par une très aimable
dame de Moscou, la *Confession* de Tolstoï que la
Censure a interdite, écrivait-il à M. Grigorovitch.
Je l'ai lue avec grand intérêt : c'est une chose remarquable par la sincérité, la véracité et la force de
conviction..... Mais elle est faussement fondée, et
en fin de compte, elle conduit à la négation la plus
sombre de toute vie active et humaine..... C'est
une sorte de nihilisme ; je m'étonne que Tolstoï,
qui nie l'art au milieu de tant d'autres choses,
s'entoure d'artistes... Que peut-il rapporter de ces
conversations ?... Et cependant Tolstoï est l'homme
le plus remarquable de la Russie actuelle. »

Cette idée surtout navrait Tourguéneff. La Russie
était-elle si riche en hommes nouveaux qu'il fût
permis aux anciens, qui avaient encore quelque
chose à dire, de se taire..... Et de son lit de mort,
sa plainte s'élevait vers l'ami de génie qui exauce

en ce moment la prière du mourant, dans une œuvre qui rappellera sans doute ses deux joyaux littéraires :

« Mon bon et cher ami, il y a longtemps que je ne vous ai écrit, parce que j'étais et je suis, à parler franc, sur mon lit de mort. Je ne peux pas guérir, il n'y a pas à y penser. Je vous écris avant tout pour vous dire combien j'ai été heureux d'être votre contemporain, et pour vous exprimer ma dernière et instante prière. Mon ami, revenez à la littérature ! Songez que ce don-là vous est venu d'où vient toute chose. Ah ! que je serais heureux si je pouvais penser que ma prière aura de l'influence sur vous ! Quant à moi, je suis un homme fini, les médecins ne savent même pas comment appeler ma maladie, *névralgie stomacale goutteuse*. Je ne puis ni marcher, ni manger, ni dormir, mais quoi ! cela m'ennuie de répéter tout cela encore une fois ! Mon ami, grand écrivain de la terre russe, exaucez ma prière ! Faites-moi savoir si vous avez reçu ce bout de papier, et permettez-moi encore une fois de vous embrasser bien fort, bien fort, vous, votre femme, tous les vôtres... Je ne peux plus... Je suis fatigué ! »

III

Chtchédrine, ce grand favori de notre généra-
ration contemporaine, était aussi très goûté de
Tourguéneff. Il le lisait magistralement, d'un ton
très sérieux qui doublait l'effet de ces satires. Les
auditeurs se tenaient les côtes.

Aux matinées littéraires qu'il organisait dans le
salon de Mme Viardot au bénéfice d'œuvres de bienfaisance, ou bien au cercle des artistes russes, il
lisait toujours quelque chose de Chtchédrine.

Néanmoins, il lui déniait un talent artistique.

— Ce ne sont que des charges, des caricatures
spirituelles, disait-il.

Le côté social des œuvres du grand satirique
russe ne l'intéressait pas.

Quand nous recevions à Paris les livraisons des *Annales de la Patrie*, que nous autres jeunes gens nous nous arrachions, Tourguéneff ne demandait jamais :

— Avez-vous lu Chtchédrine?

Et, cependant, il lisait avec grand intérêt toute œuvre de talent d'un jeune, et en parlait toujours longuement. Je me souviens, par exemple, dans quel enthousiasme le plongea une nouvelle de Mlle Vinitzky publiée en 1881.

— C'est une femme qui promet beaucoup, beaucoup! répétait-il.

Des autres grands écrivains russes, il n'aimait absolument pas Dostoievsky. Cette antipathie allait jusqu'à la haine profonde pour l'homme et pour l'écrivain. Il niait en lui talent, psychologie et même intelligence.

— C'est du Dostoievsky! Il n'y avait pas dans sa bouche un mot plus méprisant. Il peignait d'ailleurs son rival sous les traits ridicules d'un homme médiocre et mal équilibré.

Un jour, racontait-il, vers 1840, plusieurs amis étaient réunis chez lui. Il y avait là Biélinsky, Ogareff, Hertzen et d'autres. On jouait aux cartes. Quand Dostoievsky entra, quelqu'un venait de faire une de ces bourdes qui soulèvent un fou rire général. Dostoievsky pâlit, s'arrêta sur le seuil : puis, sans mot dire, tourna les talons et sortit de la pièce. D'abord on n'y prit point garde, mais comme il ne revenait pas, Tourguéneff, en sa qualité de maître de maison, sortit pour voir ce qu'il était devenu.

— Où est Fédor Mikhailovitch ? demanda-t-il au domestique.

— *Ils se promènent* dans la cour (1) depuis une heure sans chapeau.

Ceci se passait en hiver, par un froid de loup.

Tourguéneff se précipita dans la cour.

— Qu'avez-vous, Dostoievsky ?

— Mon Dieu, c'est insupportable ! Partout où je vais, tout le monde se rit de moi. A peine me suis-je montré sur votre seuil, que vous et vos hôtes m'avez toisé de vos rires. Est-ce que vous n'en rougissez pas ?

Tourguéneff s'efforça de le convaincre que personne n'avait eu la pensée de le railler. Il ne voulut pas entendre raison, et revenu dans le vestibule, il décrocha son chapeau, sa pelisse, puis s'éclipsa.

(1) Les gens du peuple emploient le pluriel par respect.

Dostoievsky était en effet très susceptible et très orgueilleux. Maladif, d'abord trop vite célèbre, puis trop malheureux, il fut toujours déséquilibré. Sa correspondance me paraît édifiante à ce sujet.

Aux jours de sa jeunesse, le succès prodigieux des *Pauvres gens* surprit Dostoievsky, quoique depuis longtemps il fût sûr de son œuvre. « Je suis énormément content de mon roman. Je ne cesse pas d'en être ravi, » écrivait-il en 1844 à son frère avant d'avoir terminé. « Je suis *sérieusement* content des *Pauvres gens*, lui disait-il de nouveau un an plus tard. C'est une œuvre sévère et svelte. D'ailleurs, elle contient des fautes épouvantables ! » Après l'accueil enthousisate fait au roman dans les cercles littéraires, il ne souffle plus mot de ces défauts. Il communique à son frère les appréciations élogieuses qui lui viennent de tous les côtés, et il y ajoute son propre enthousiasme pour ses nouvelles œuvres terminées ou qui vont l'être : « Tu verras toi-même si ce n'est pas mieux que *Les Plaideurs* de Gogol. Golatkine sera mon chef-d'œuvre. »

Golatkine est le héros de son roman *Le Sosie*.

En post-scriptum, le romancier ajoutait :

« Je relis ma lettre et je trouve que je suis : 1° un
ignare, et 2° un vantard. »

Malgré cet aveu aussi franc que juvénile, la van-
tardise perce à nouveau dans les lettres ulté-
rieures, et cette fois il n'est plus fait aucune réserve.

« On trouve en moi un trait nouveau, original,
qui consiste en ce que je procède par analyse et
non par synthèse, c'est-à-dire que je me plonge
droit au fond et qu'en analysant atome par atome
je reconstruis l'entier, tandis que Gogol prend l'entier d'un seul coup et par cela même n'est pas aussi
profond que moi. Tu liras et tu verras toi-même...
Ah ! mon frère, j'ai un avenir brillant devant moi.
Golatkine est dix fois mieux que *Les Pauvres gens*...
Mes amis disent qu'après *Les âmes mortes* il n'y a
rien eu de pareil, que c'est une œuvre de génie...
A toi, ça te paraîtra mieux que *Les âmes mortes*,
je le sais (1)... »

« Ma gloire a atteint l'apogée, reprend-il deux
mois plus tard. En deux mois, à mon compte, on a
parlé de moi trente-cinq fois dans diverses publications... J'écris deux nouvelles, toutes deux d'un

_____

(1) Lettre du 1er février 1846.

effet tragique, poignant... Il a paru une foule d'é-
crivains nouveaux : quelques-uns sont mes rivaux.
La supériorité me reste et j'espère pour toujours. »

En 1847, son enthousiasme pour lui-même n'a
subi aucune éclipse. « J'écris *Ma Ménagère*, c'est-à-
dire quelque chose d'encore mieux que *Les pauvres
gens*. Ma plume est guidée par une inspiration qui
sort tout droit de l'âme. »

Cet entrain naïf de l'auteur se refroidit bien vite.
Les déboires vinrent à Dostoievsky à la fois du
public soudain récalcitrant, et des milieux littéraires qui avaient salué si bas ses *Pauvres gens*.

« Je sais bien, disait-il dans une lettre du 9
mai 1859, que j'écris plus mal que Tourguéneff...
mais pourtant je n'écris pas si mal et enfin j'espère
écrire bientôt pas mal du tout. Pourquoi, moi, avec
mes besoins, ne suis-je payé que cent roubles,
tandis que Tourguéneff qui a deux mille âmes est
payé quatre cents roubles? Ma pauvreté me force à
me hâter à écrire pour l'argent, c'est-à-dire à faire
toujours de la mauvaise besogne. »

On croira difficilement que l'auteur de *Le Crime
et le Châtiment*, qui s'était placé à l'un des premiers
rangs dans la littérature russe par ce roman,
menant une vie très modeste, ayant une famille

très restreinte, put souffrir de la misère, au point
d'en être réduit presque au désespoir. De 1860 à
1870, et même après, on ne lui payait que 150 roubles par feuille d'impression, c'est-à-dire moins que
l'on ne payait déjà alors à des écrivains moins
connus. Ses lettres sont pleines de doléances sur
la position précaire dans laquelle il se trouve.

« Vos cent vingt-cinq roubles, écrit-il à un ami
en 1867, nous ont sauvés, sauvés à la lettre. Maintenant je respirerai un peu... et au travail ! »

Un an après, il écrit au même ami :

« Je suis criminel envers vous, je vous dois toujours vos deux cents roubles. Ne m'accusez pas, je
vous les rendrai. Si vous saviez seulement ce que
j'ai souffert !... Mais je les rendrai ! »

Puis, toujours dans la correspondance, c'est le
tour des demandes d'argent :

« S'il (le directeur du *Zoria*) condescend à
exaucer ma prière, qu'il m'envoie immédiatement soixante-quinze roubles, qu'il entre dans ma
position et comprenne que le temps mis à me
venir en aide m'est plus essentiel que l'argent
même. Les deux ou trois objets de valeur que
nous avions sont depuis bien longtemps au Mont-
de-Piété. Maintenant je vais être forcé de vendre

mon linge, mon pardessus et peut-être aussi ma redingote !... »

Bientôt il revient à la charge :

« Ne pouvait-il pas comprendre par mes deux lettres que je n'ai pas un liard. S'il savait seulement combien j'ai souffert pour avoir deux thâlers pour lui envoyer un télégramme ! Puis-je écrire en ce moment ? Je tourne tout autour de ma chambre, je m'arrache les cheveux. La nuit je ne puis dormir, je pense, je m'enrage ! j'attends ! O mon Dieu ! Par Dieu ! je ne puis vous décrire le détail de ma misère ! j'ai honte de la décrire ! »

Dans cet état d'âme, on s'aigrit, on devient méchant. C'est ce qu'il advint de Dostoievsky. Il avait d'abord vécu en bons termes avec Tourguéneff. Il lui écrivait même des lettres assez aimables à en juger par les réponses de son émule. Sans doute, il critiquait ses œuvres nouvelles, mais il les appréciait aussi, il les louait délicatement, en vantait les bons endroits et cette critique était doublement précieuse, puisqu'elle émanait d'un rival dans la faveur du public. Alors Tourguéneff le remerciait avec effusion.

« Inutile de vous dire à quel point m'a réjoui votre critique de *Pères et Enfants*. Il ne s'agit point de la satisfaction d'amour-propre, mais du témoignage qu'on ne s'est pas trompé, qu'on n'a pas tout à fait manqué son coup et que le travail n'est pas vainement perdu. Cela m'était d'autant plus nécessaire que des gens en qui j'ai confiance me conseillaient sérieusement de jeter mon œuvre au feu, et, il y a quelques jours seulement, Pissemsky — ceci entre nous — m'a écrit que le type de Bazaroff est absolument raté. Comment voulez-vous qu'on ne doute pas et qu'on ne tombe pas dans l'erreur? Il est difficile à l'auteur de sentir *aussitôt* à quel point son idée s'est incarnée, si elle est juste et si elle domine, etc... Il se trouve perdu dans sa propre œuvre, comme dans une forêt.. Vous l'avez, à coup sûr, éprouvé vous-même plus d'une fois. C'est pourquoi je vous remercie encore. Vous avez si pleinement et si finement compris ce que je voulais exprimer en Bazaroff que je me suis tout simplement incliné d'étonnement et de plaisir. C'est comme si vous vous étiez introduit dans mon âme et si vous aviez senti même ce que je n'avais jugé nécessaire de dire. Plaise à Dieu que ce ne soit pas seulement sagacité délicate du maître et que l'intelligence du simple lecteur parvienne à saisir, c'est-à-dire, plaise à Dieu que

3.

tout le monde puisse voir au moins une partie
de ce que vous avez vu ! Je suis maintenant tranquille sur le sort de mon bouquin : il est ce qu'il
devait être et je n'ai à me repentir de rien.

« Voilà encore qui prouve combien vous vous
êtes familiarisé avec ce type. Dans la scène de l'entrevue d'Arcadii avec Bazaroff, au passage, où,
d'après ce que vous dites, il manque quelque
chose, Bazaroff, en racontant le duel, se raillait *des
chevaliers*, et Arcadii l'écoutait avec une horreur
cachée, etc. J'ai supprimé ce fragment et le regrette
à présent ; en général j'ai biffé et refait beaucoup
de choses sous l'influence d'une critique défavorable,
et voilà d'où résulte, peut-être, la lenteur que vous
avez remarquée. »

Cette cordialité eut un terme. Le dénouement de
leur liaison fut assez brutal.

Tourguéneff, se trouvant à Saint-Pétersbourg,
de passage, rencontra sur la Perspective Nevsky
le directeur d'une revue historique.

— Je dois vous annoncer, s'empressa de lui dire
ce dernier, que la rédaction a reçu un manuscrit
de Dostoievsky, à votre sujet, avec prière de le publier en 1890. Si vous voulez je puis vous le communiquer. Peut-être écririez-vous une défense.

Je ne me souviens plus si Tourguéneff lut ce
manuscrit ou bien s'il n'en connut le contenu que
par ouï-dire. Il m'en parla, me racontant ce qui
suit : Dostoievsky y rappelait ses discussions à
l'étranger avec Tourguéneff, d'où il résultait que
lui Tourguéneff n'était nullement patriote, qu'il
haïssait la Russie et le peuple russe plus encore
que la Russie. Tout ce qu'il écrivait sur le mougik
n'était que mensonge destiné à flatter les passions
du public.

Tout en s'accordant avec cette version pour le
fonds, le récit de M. Barténeff, directeur des *Ar-
chives d'histoire*, est un peu différent. Au manuscrit de Dostoievsky, daté de Genève et du 16 août
1867, aurait succédé, plusieurs mois après, une
lettre de Tourguéneff rectifiant les assertions de
son ennemi. M. Barténeff n'explique pas comment
Tourguéneff avait pu connaitre les dires de Dostoievsky.

Quoi qu'il en soit, voici, d'après Tourguéneff,
les motifs qui avaient dicté son pamphlet à Dostoievsky :

Après 1860, tandis que l'auteur du *Père et Enfants* vivait à Baden-Baden, il reçut un jour inopinément la visite de Dostoievsky, qui suivait un

traitement thermal dans les environs. Dostoievsky avait eu sa santé ruinée aux travaux forcés, et depuis sa libération il devait se soigner beaucoup. Sa visite avait un emprunt pour but. Il avait joué la veille et perdu tout son argent. Il lui fallait une petite somme : cinquante thalers, que Tourguéneff mit volontiers à sa disposition.

Ils ne se revirent plus durant quelque temps ; enfin Dostoievsky paya sa dette.

— Ni après ni avant, disait Tourguéneff, nous n'avons eu de discussions politiques. Tout le manuscrit n'est qu'une invention de Dostoievsky.

Je serai moins affirmatif. J'ai entendu de la bouche de Tourguéneff bien des propos qui, altérés par la haine, pouvaient devenir quelque chose d'analogue aux récits de Dostoievsky. Peut-être une conversation de ce genre avait-elle été dénaturée par lui, même inconsciemment, car c'était un homme nerveux, passionné et envenimé par la jalousie contre un rival plus heureux.

Nous causions une fois de la littérature populaire russe, que je défendais en adorateur fervent.

— La littérature populaire de la Russie ! répartit vivement Tourguéneff..... ce n'est que de la sauva-

gerie tartare..... Que chante-t-elle?..... Voyons, que
chante-t-elle? Comment le *bogatir* russe s'ouvrait
une route à travers l'armée ennemie en la flagel-
lant du corps d'un Tartare qu'il prenait par le
pied? Ou bien les idées barbares du mougik sur la
femme? Ou bien d'autres sauvageries du même
genre? Et les airs? Oh! les airs, ce sont des hurle-
ments. Ce ne sont pas des chants.

Il était monté et continua.

— Qu'est-ce que le peuple russe qu'il est de mode
de tant vanter? C'est un serf, un esclave, qui n'a
rien inventé et qui n'inventera jamais rien, qui est
condamné par l'histoire à trotter toujours derrière
l'Europe occidentale. Ce peuple ne jouera jamais
de rôle dominant dans l'histoire de l'humanité.
C'est un peuple sans volonté, sans conscience de
lui-même.

J'écoutais et ne voulais pas en croire mes oreilles.
Était-ce bien l'auteur des *Mémoires d'un Chasseur*
qui parlait? Était-ce bien celui qui nous a appris à aimer l'homme dans le mougik? Il y avait
là quelque chose d'incomplet, de confus, et vraiment je pus bientôt me convaincre que ces tirades
véhémentes étaient le cri de douleur de l'homme
qui voit souffrir, par sa propre faute, l'être qu'il

aime, tandis qu'un effort de sa volonté suffirait à lui donner le bonheur.....

A la place de l'auditeur bienveillant que j'étais, mettez un adversaire, un rival prévenu et vous aurez l'interprétation de Dostoievsky. Il la renouvela dans *Les Démons* ou, comme M. Derély a traduit ce titre en français. *Les Possédés*.

Tourguéneff n'avait rien à faire dans ce roman, dans lequel l'auteur de *Le Crime et le Châtiment* se proposait de peindre les nihilistes : il y figure cependant sous le nom de Karmazinoff. Fait qui prouve bien à quel point d'exagération la haine avait porté Dostoievsky, Karmazinoff n'est pas un instant un portrait : ce n'est même pas une caricature, une charge. C'est pis. On le nomme et tout aussitôt l'assaut commence.

« Karmazinoff, l'écrivain ! Sans doute il se prend pour un grand homme. C'est trop de vanité !..... J'ai failli le rencontrer en Suisse, et je n'y tenais guère. Du reste, j'espère qu'il daignera me reconnaître. Dans le temps, il m'écrivait et venait chez moi. »

C'est tout; mais Tourguéneff ne s'en tirera pas à si bon compte. Trente pages plus loin le portrait reprend :

« Ses romans sont connus de toute la dernière
génération et même de la nôtre. Dès l'enfance je
les avais lus et j'en avais été enthousiasmé. Ils
avaient fait la joie de mes jeunes années. Plus
tard, je me refroidis un peu pour les productions
de sa plume. Les ouvrages à tendance de sa
seconde manière me plurent moins que les premiers, où il y avait tant de poésie spontanée ; les
derniers me déplurent tout à fait.

« A en croire la renommée, il n'était rien que
Karmazinoff mît au-dessus de ses relations avec les
hommes puissants et avec la haute société. On
racontait qu'il vous faisait l'accueil le plus char-
mant, vous comblait d'amabilités, vous séduisait
par sa bonhomie, surtout s'il avait besoin de vous,
et si, bien entendu, vous lui aviez été présenté au
préalable. Mais, à l'arrivée du premier prince, de
la première comtesse, du premier personnage dont
il avait peur, il s'empressait de vous oublier avec
le dédain le plus insultant, comme un copeau,
comme une mouche, et cela avant même que vous
fussiez sorti de chez lui ; cette manière d'agir lui
paraissait le suprême du bon ton. Malgré une connaissance parfaite du savoir-vivre, il était, disait-
on, si follement vaniteux qu'il ne pouvait cacher

son irascibilité d'écrivain, même dans les milieux sociaux où l'on ne s'occupe guère de littérature. Si quelqu'un semblait se soucier peu de ses ouvrages, il en était mortellement blessé et ne respirait que vengeance..... Ignorant l'état vrai des choses, M. Karmazinoff croyait l'avenir de la Russie entre les mains de la jeunesse révolutionnaire, et il s'aplatissait d'autant plus devant les nihilistes que ceux-ci ne faisaient aucune attention à lui. »

Voilà pour le portrait moral ; le portrait physique est aussi aigre-doux.

« C'était un petit homme aux airs pincés, qu'on aurait pris pour un vieillard, quoiqu'il n'eût pas plus de cinquante ans. D'épaisses boucles de cheveux blancs sortaient de dessous son chapeau à haute forme et s'enroulaient autour d'oreilles petites et rosées. Son visage, assez vermeil, n'était pas fort beau ; il avait un nez un peu gros, de petits yeux vifs et spirituels, des lèvres longues et minces, dont le pli dénotait l'astuce. Sur ses épaules était négligemment jeté un manteau comme on en aurait porté à cette saison en Suisse ou dans l'Italie septentrionale. Mais, du moins, tous les menus accessoires de son costume, bou-

tons de manchette, lorgnon, bague, etc., étaient
d'un goût irréprochable. Je suis sûr qu'en été il
doit porter des bottines de prunelle à boutons de
nacre. »

Ailleurs, il est question de sa voix *mielleuse,
quoique un peu ......de*, de *la manière et de l'afféterie de se......vres* passées, du *bavardage préten-
tieux et inutile de ses écrits récents*; il est accusé
de se présenter pour lire devant un auditoire de
petite ville *avec la morgue de cinq chambellans*.
Ses lectures sont caricaturées avec une verve enra-
gée, avec un fiel de haine fermentée. « Sa raillerie
hautaine, souligne Dostoïevsky, n'épargne par son
pays. et rien ne lui est plus agréable que de pro-
clamer, devant les grands esprits de l'Europe, la
banqueroute complète de la Russie. »

Tourguéneff reçut l'assaut avec humour.

« On m'a dit que Dostoïevsky m'a mis en scène,
écrivait-il à M. Polonsky ; grand bien lui fasse ! Il
était venu chez moi, à Baden-Baden, il y a cinq ans,
non pas pour me payer l'argent qu'il m'avait emprunté, mais pour m'injurier de toute façon à cause
de *Fumée*, qu'on devait, disait-il, brûler par la
main du bourreau. J'écoutai sans mot dire cette
philippique. Qu'appris-je plus tard ? Je lui avais

exprimé toute sorte d'opinions criminelles, qu'il s'est empressé de communiquer à Berteneff. — Berteneff me l'a, en effet, écrit. Ce serait tout simplement une calomnie, si Dostoievsky n'était pas fou, ce dont je ne doute nullement. Peut-être a-t-il rêvé tout cela. Mais, mon Dieu! quels misérables cancans! »

Quand Tourguéneff publia le récit de *L'Exécution de Troppmann*, que je traduis en appendice, Dostoievsky donna derechef libre cours à sa rage.

« J'ai lu, écrivait-il dans une lettre intime, *L'Exécution de Troppmann*, de Tourguéneff. Cet article pompeux et mesquin m'a révolté. Pourquoi est-il tout le temps si embarrassé et tient-il tant à répéter qu'il n'avait pas le droit d'y être? Le plus comique, c'est qu'à la fin il se détourne et ne voit pas comment on guillotine. « *Regardez, messieurs, comme je suis délicatement élevé!* » D'ailleurs, il se vend lui-même : la principale impression que produit son article, c'est le souci constant jusqu'au plus petit détail de soi-même, de sa conservation, de sa tranquillité, et ça en face d'une tête coupée..... D'ailleurs, crachons sur eux tous. Ils m'ennuient terriblement. J'estime que Tourguéneff est l'écrivain russe qui s'est le plus usé de tous les écrivains russes qui se sont usés. »

Le roi Lear ne trouvait pas grâce à ses yeux : « *Page nulle et pompeuse*, s'écriait-il. Pardieu ! je ne le dis pas par envie. » Puis il notait avec délices l'affaiblissement du *grand talent artistique* de son ennemi. « Il s'affaiblit, il devait s'affaiblir », chante-t-il sur un ton de triomphe.

Tourguéneff n'était pas moins féroce. Lors de la mort de Dostoievsky, il éclata en fureur en apprenant les ovations faites au cercueil.

— Notre public est vraiment extraordinaire. Tantôt c'est à moi, qui ai toujours été libéral, qui ai toujours défendu les idées les plus justes du siècle, qu'il tresse des couronnes! Et maintenant il célèbre la mémoire d'un Dostoievsky, d'un réactionnaire, d'un homme qui a toujours travaillé à étouffer les idées généreuses, d'un fanatique de Katkoff..... L'on dit qu'il est moraliste..... Un moraliste, lui!....

Tourguéneff articulait ici de vilaines accusations contre les mœurs de Dostoievsky. Il l'accusait d'avoir connu par expérience habituelle les rêves et les extases érotiques de la dernière nuit de son héros Svidrigaïloff. Un peu plus, il l'aurait comparé au maréchal de Raiz. Dans sa correspondance, il l'appelle le marquis de Sade des lettres russes.

« J'ai lu l'article de Mikhaïlovsky sur Dostoïevsky, écrit-il à Saltikoff. Il a justement indiqué les traits fondamentaux de son génie créateur. Il aurait pu rappeler qu'il y a eu dans la littérature française un pareil phénomène — et nommément le célèbre marquis de Sade. Celui-là a même fait un livre : *Tourments et Supplices*, dans lequel il insiste avec volupté sur les délices de perversion que l'on trouve dans les tourments recherchés et les souffrances. Dostoïevsky peint aussi dans un de ses romans les délices d'un amateur de petites filles. Et dire que tous les prélats russes ont dit des messes de *requiem* à l'honneur de notre de Sade, et qu'ils ont même fait des sermons sur le tout-amour de ce tout-homme ! Vraiment nous traversons une étrange époque !

IV

Tourguéneff suivait avec intérêt les succès des jeunes. Il se souvenait de leurs œuvres à tous et aimait fort à en parler.

— Du talent, ils en ont. Ils ont aussi de l'originalité, de l'observation, mais le style, le style est abominable.

Puis, se tournant vers moi, comme vers le seul d'entre eux qui fût présent, il continuait :

— Pourquoi donc méprisez-vous la forme ? Savez-vous que l'œuvre du plus grand génie mourra demain si elle n'est pas habillée d'une forme qui lui soit propre, d'une belle forme, oui, belle. Et c'est justice. Que m'importe que l'étoffe soit bonne, si l'habit est informe ?

Je répartis que ce n'était pas mépris pour la forme de la part des jeunes, mais défaut de science.

— Mais non, continua-t-il, vous autres jeunes écrivains, vous êtes convaincus que la forme est une chose secondaire, et les écrivains chez qui vous pourriez l'apprendre, vous ne les aimez pas, vous ne les connaissez même pas. Pouchkine, notre maître à tous, est tout à fait délaissé. De mon temps, on le savait par cœur et voyez comme on écrivait. Lisez, par exemple, Gontcharoff. Pas de profondeur, mais le style un chef-d'œuvre ! Chez les jeunes l'idée est au premier plan et ils la donnent toute crue au lecteur. Que résulte-t-il ? Ils dégoûtent le lecteur. Leurs œuvres ennuient. C'est une pure perte pour l'écrivain et pour les idées qu'il défend.

Puis, commençant à se monter :

— Moi, dans l'intérêt même de cette idée, j'aurais tâché de faire une œuvre belle. Vous suivez tous l'exemple d'Ouspensky (1). Il a beaucoup de talent, je n'y contredis pas. Est-ce de l'art cela ? Il énonce un fait artistique et consacre bien des pages

(1) Écrivain réaliste russe dont la Nouvelle Librairie Parisienne prépare quelques traductions.

à l'expliquer... Non, quand tu as énoncé le fait,
n'insiste pas. Que le lecteur le discute et le comprenne lui-même. Croyez-moi, c'est mieux dans
l'intérêt même des idées qui vous sont chères.

Un écrivain russe, une jeune femme très ardente
assistait à l'une de ces conversations.

— Vous avez beau dire, Ivan Serguéiévitch, inter-
rompit-elle, donner le fini, polir le style ! Vous qui
êtes un homme riche, vous pouvez pendant des
années entières corriger votre œuvre, tandis que
nous, à peine avons-nous fini, nous sommes obligés de porter nos produits au marché ! C'est ça
d'abord... Puis, la vie est plus compliquée, il faut
la commenter. Nous ne sommes pas libres de tout
dire : c'est pour cela que nous avons des longueurs,
des obscurités apparentes, toutes difficultés que
votre génération n'avait pas et ne pouvait pas
avoir. Vous avez donc tort de nous accuser de tant
de crimes.

Tourguéneff se fâchait sérieusement.

— Ce n'est pas vrai, reprit-il. Si vous voulez
parler de moi, je vous dirai que je n'étais pas
riche du tout, quand je commençai à écrire. J'étais
brouillé avec ma mère, qui ne me donnait pas un
liard et j'étais forcé de faire des compilations pour

des revues qui me payaient quarante francs la feuille... et ça pour vivre! Mes contemporains étaient pauvres aussi. Ils vivaient très mal. Nous étions de l'école des Pouchkine. Nous aimions la littérature. Donner le fini, corriger nos œuvres, c'était pour nous un plaisir. Chez les jeunes, on ne voit pas ça. D'ailleurs, vous vous trompez bien en pensant que, de notre temps, la censure était plus clémente. On peut conter de jolies frasques de la censure de 1840...

D'autres fois il avouait que, chaque année, il devenait plus difficile d'écrire en russe.

La vie, le public, la censure, exigent plus d'efforts de l'écrivain.

— Il est étonnant, me disait-il, que les jeunes écrivains soient tous maigres, secs, malades. Aucun d'eux ne vivra longtemps. J'en connais beaucoup. Ceux qui sont en vue, je les connais personnellement. Eh bien! chacun d'eux a une maladie organique. J'y ai beaucoup réfléchi, je n'en puis point trouver la cause. De mon temps, au contraire, les écrivains étaient d'une santé de fer.

Parmi les jeunes écrivains, Tourguéneff n'aimait pas ceux qui s'efforçaient de l'imiter,

En les lisant, disait-il, il lui semblait sentir sa propre sueur.

Un jour, j'étais venu le voir sur une lettre de lui m'apprenant qu'il était alité par suite d'une crise de goutte. Je dois dire à ce propos que pendant les cinq ans que je l'ai visité, Tourguéneff était bien souvent malade. Tantôt c'était la goutte, tantôt un épanchement au cerveau, tantôt l'asthme.

Quand il était bien, on eût pu croire qu'il vivrait cent ans. Ses yeux brillaient comme ceux d'un jeune homme. Ses joues étaient roses. Il marchait lentement, mais d'un pas ferme.

Aussitôt qu'il tombait malade, en quelques heures, sa physionomie devenait décrépite, ridée ; ses yeux s'enfonçaient avec une lueur vitreuse. Alors, on eût pensé qu'il allait mourir.

Je le trouvai donc dans cet état. Il tenait à la main la dernière livraison d'une revue russe.

— Écoutez donc, je vous prie, m'apostropha-t-il dès que je parus sur le seuil, jusqu'où peut aller le manque de goût d'un écrivain.

Il prit le volume et se mit à lire.

Le jeune auteur, pensant être très réaliste, donnait, dans un très long monologue, la parole à un bègue. Après chaque mot il mettait des points.

4

Tourguéneff lut quelques lignes et jeta le volume avec dégoût.

— C'est scandaleux, c'est idiot, et cet homme-là s'imagine qu'il m'imite. Me serais-je permis une imbécillité pareille. Le réalisme, c'est la vérité, l'observation, mais pas cette photographie idiote.

Tourguéneff n'aimait pas non plus nos jeunes poètes.

— Le seul, après Pouchkine, qui méritât le nom de poète c'était Tutcheff. Bien souvent il atteint la forme et la beauté de Pouchkine lui-même. Alexis Tolstoï, dans quelques-unes de ses petites poésies, fait preuve aussi d'un grand talent; mais les jeunes poètes ne savent pas écrire. Beaucoup de prétentions, pas de force.

Je me rappelle une anecdote caractéristique que j'entendis d'abord de la bouche de Tourguéneff lui-même, puis du personnage en question.

Un jeune poète vint de Russie à Paris et il va sans dire qu'il visita Tourguéneff. On causa poésie et le jeune homme exprima à peu près cette opinion.

— Tous les sujets poétiques en prose ou en vers sont déjà épuisés par les grands maîtres. L'écrivain contemporain qui ne veut pas répéter ce qu'on a déjà dit, qui veut être original, doit prendre de nouveaux sujets et les imaginer.

Et pour rendre plus claire sa pensée, le jeune présomptueux indiqua une de ses œuvres où figuraient Dieu, les anges, la création du monde et autres choses semblables.

Tourguéneff était hors des gonds...

— Et vous vous imaginez, jeune homme, cria-t-il presque, que vous êtes un poète. Mais vous ne comprenez même pas l'*a b c d* de la poésie. Et cette poésie que vous m'indiquez n'est qu'une insanité, un galimatias pompeux, rien de plus.

— Je pensai, me raconta ensuite le jeune poète, tout à fait convaincu qu'il avait raison, je pensai qu'il allait me prendre au collet et me jeter dans l'escalier.

De son côté, Tourguéneff me rapporta cette conversation.

— Imaginez-vous quelles âneries disait ce garçon, et il me répétait ses paroles. Les sujets sont épuisés par Balzac, par Shakespeare ; mais les sujets sont éternels comme l'âme humaine. La forme seule change, et le génie du poète, c'est de la voir et de l'incarner. Homère décrivait la guerre. *La Guerre et la Paix* de Tolstoï y perd-il quelque chose? Shakespeare a fait *Hamlet*, y perdons-nous quelque chose quand nous trouvons et peignons des Hamlets contemporains? Les uns se sont développés dans certaines conditions, les autres dans d'autres. C'est à eux donc de trouver ces conditions et leur résultat. La vie est infiniment variée. Chaque jour produit de nouvelles formes. Honneur au poète qui sait les voir!

V

Le lecteur me saura peut-être gré de réunir dans ce chapitre quelques-uns des jugements que Tourguéneff portait dans ses conversations sur les écrivains français et leurs œuvres. Ces jugements étaient, le plus souvent, sévères et tranchants, puisqu'il les énonçait dans une causerie intime.

Il disait des romans de Victor Hugo :

— Ils sont faux d'un bout à l'autre. Quand j'étais tout jeune, son *Dernier jour d'un condamné* me ravit ; mais en le relisant depuis, celui-là aussi m'a paru abominable. Il n'y a pas un de ses personnages qui parle son propre langage : on dirait qu'ils jouent tous un mauvais mélodrame.

Et ici il me nommait les livres de Hugo qui reste-

4.

raient ; c'étaient, à son sens : les *Odes et Ballades*, les *Orientales*, les *Feuilles d'automne*, les *Chants du crépuscule*.

— Victor Hugo, répondait-il, est le plus grand lyrique du monde ; mais comme romancier, il ne mérite même pas qu'on le critique.

Tourguéneff connaissait personnellement Hugo, et l'homme ne lui plaisait pas plus que le romancier.

— C'est un homme fou de sa propre grandeur, disait-il, étroit et ignorant au point qu'il est difficile de trouver son pareil. Il ne connaît aucune langue ; il n'a pas lu un seul poète étranger.

Comme preuve de cette dernière affirmation, Tourguéneff racontait l'anecdote que voici :

« Une fois que j'étais chez lui, nous causâmes de la poésie allemande. Victor Hugo, qui n'aime pas que l'on parle devant lui, me coupa la parole et entreprit le portrait de Gœthe.

— Son meilleur ouvrage, dit-il, d'un ton olympien, c'est le *Wallenstein*,

— Pardon, cher maître, *Wallenstein* n'est pas de Gœthe. Il est de Schiller.

— C'est égal, je n'ai lu ni l'un, ni l'autre ; mais je les connais mieux que ceux qui les savent par cœur.

Je ne ripostai rien.

Sur la vanité d'Hugo, Tourguéneff ne tarissait pas, et M. Garchine a recueilli sur ses lèvres cette étrange anecdote :

Un soir, des admirateurs d'Hugo réunis dans son salon rivalisaient à qui mieux mieux à vanter son génie, et on énonça, entre autres choses, cette idée, que la rue qu'il habitait devrait porter son nom.

Quelqu'un remarqua que cette rue était trop petite et bien peu digne du grand poète. L'honneur de porter son nom appartient à un endroit plus remarquable de la capitale.

Et chacun d'énumérer les endroits de Paris les plus fréquentés, en suivant une échelle ascendante, jusqu'à ce qu'un jeune homme s'écria avec enthousiasme, que la ville même de Paris devrait considérer comme un honneur de porter le nom du grand poète.

Appuyé à la cheminée, Hugo écoutait complaisamment ces enchères de flatteries. Tout à coup devenu pensif, il se tourna vers le jeune homme et lui dit d'un ton doctoral :

— Ça viendra, mon cher, ça viendra !

De la littérature de l'âge qui a précédé le nôtre,

Tourguéneff conservait une passion, un enthousiasme réel, partagé par son ami Flaubert, pour
George Sand. Si une mauvaise pièce de son idole
tombait brutalement, en fils respectueux, il *cou-
vrait, en tournant les yeux, la nudité de son père*,
et quand M. Souvorine parla dédaigneusement de
Sand morte, il s'attira, tout aussitôt, cette longue
réplique :

« De passage à Pétersbourg, j'ai lu dans un de
vos feuilletons :

George Sand est morte, et je n'ai pas envie
d'en parler.

« Vous aviez probablement voulu dire par cela,
qu'il fallait parler d'elle beaucoup ou ne rien dire.
Je ne doute pas que le *Novoïé Vrémia* a comblé, par
la suite, ce vide et a, au moins, de même que les
autres journaux, tracé une esquisse biographique
du grand écrivain. Je vous demande tout de même
la permission de dire, dans votre journal, quelques
mots d'elle, quoique je n'aie à présent ni le
temps, ni le moyen de parler *beaucoup*, et quoique ces *mots* ne m'appartiennent pas, comme
vous allez le voir. J'ai eu le bonheur de connaitre
George Sand en personne ; je vous prie de ne pas
prendre cette expression pour une phrase : celui

qui a pu voir de près cet être rare doit se croire
heureux.

« J'ai reçu, un de ces jours, une lettre d'une
Française, qui l'a aussi connue à fond : voilà ce
qui se trouve dans cette lettre :

« Les dernières paroles de notre chère amie furent : « Laissez... verdure... » c'est-à-dire ne mettez pas une pierre sur ma tombe ; que l'herbe y
puisse croître ! Et il sera fait selon sa volonté ; les
fleurs sauvages seules croîtront sur sa tombe. Je
trouve que ces paroles sont si touchantes, si
significatives, si conformes à cette vie, qui s'était
livrée depuis longtemps à tout le bien, à tout le simple... C'est l'amour de la nature, de la vérité ; c'est
la soumission à elles ; c'est la bonté inépuisable,
douce, toujours égale et toujours présente !... Ah !
quel malheur que sa mort ! Le mystère silencieux a
absorbé pour toujours un des plus beaux êtres qui
aient jamais vécu. Et nous ne verrons plus cette
noble figure. Ce cœur d'or ne bat plus. Tout cela
est à présent sous la terre. On la regrette sincèrement et longuement ; mais je pense qu'il ne suffit
pas de parler de sa bonté. Quelque rare que soit le
génie, *une telle* bonté est encore plus rare. Mais on
peut l'apprendre, ne fût-ce que quelque peu, et le

génie ne s'apprend pas : aussi faut-il parler d'elle,
de cette bonté, la glorifier, la signaler. Cette bonté
active et vive attira vers George Sand et lui assura
les nombreux amis qui lui demeurèrent fidèles
jusqu'à la fin et qui se trouvèrent dans toutes les
classes de la société. Quand on l'enterra, un paysan
des environs de Nohant s'approcha de la tombe,
et, ayant déposé une couronne sur elle, fit :
« Au nom des paysans de Nohant, » non pas au
nom des pauvres, car grâce à elle, il n'y avait
pas de pauvres ici. Et pourtant George Sand
elle-même n'était pas riche, c'est en travaillant
jusqu'à la fin de sa vie qu'elle joignait les deux
bouts !

« Je n'ai presque rien à ajouter à ces lignes :
j'en puis seulement garantir la véracité complète,
parfaite. »

Il y a huit ans, quand je vis pour la première
fois George Sand, l'admiration enthousiaste qu'elle
excitait en moi autrefois s'était évanouie depuis
longtemps, je ne l'adorais plus ; mais il n'était
pas possible d'entrer dans le milieu de sa vie privée
et ne pas devenir son adorateur, dans un autre
sens, dans le meilleur peut-être. Chacun sentait
aussitôt qu'il se trouvait en présence d'une na-

ture infiniment riche et bienveillante, dans laquelle
tout égoïsme était depuis longtemps réduit en
cendres par la flamme inextinguible de l'enthousiasme poétique, de la foi idéale, à laquelle
tout l'humain était accessible et cher, qui respirait l'aide et l'intérêt. Et par-dessus tout cela
une certaine auréole inconsciente, quelque chose
d'élevé, de libre, d'héroïque... Croyez-moi, George
Sand est une de nos saintes : vous comprendrez
certainement ce que je veux dire par ce mot.

Si l'on s'attendait à trouver chez Tourguéneff un
enthousiasme égal pour Balzac, on serait loin de
compte.

Il m'a dit un jour en propres termes :

— Balzac, c'est un ethnographe : ce n'est pas
un artiste !

Et je crois fort qu'il ne l'avait pas lu, fort différent en ceci des écrivains de sa génération qui
s'imprégnaient du grand romancier français, et le
traduisaient en russe, alors qu'il était encore inconnu dans sa patrie.

Flaubert était son idéal. Il le croyait le plus fort
de tous les écrivains présents, passés et à venir. Il
avait traduit deux de ses contes : *Hérodiade* et *La
Légende de Saint Julien l'hospitalier* avec un

amour qui touchait à la passion. Il mit un mois entier à traduire chacun de ces contes, passant des heures à chercher l'expression juste. Aussi peut-on dire que Flaubert est rendu là comme il ne le sera jamais en aucune langue.

Lors de la mort de Flaubert, Tourguéneff prit l'initiative d'une souscription pour le monument à élever à l'auteur de *Madame Bovary;* cette démarche souleva une effroyable tempête. Articles, lettres anonymes, firent rage. Tourguéneff le prit de très haut et invita ceux qui ne pensaient pas qu'il fût une canaille à remettre leur souscription à M. Stassulévitch, qui se chargerait de lui faire parvenir les fonds.

C'est par George Sand que Tourguéneff avait fait la connaissance de Flaubert; c'est par Flaubert qu'il connut Zola, Daudet, Goncourt, Maupassant, les naturalistes, en un mot.

Il aimait à se vanter d'avoir découvert le talent de Zola. Il rappelait volontiers qu'il l'avait, lors des heures difficiles qui précédèrent *l'Assommoir,* mis en relations avec le *Messager de l'Europe* comme un homme d'un grand avenir qui méritait qu'on accueillît ses travaux.

Il se plaisait à lui reconnaître beaucoup de force,

et même en ses heures de duretés il estimait chez lui la hardiesse qui le portait vers les grands sujets et l'effort fait pour les dominer. Cependant il disait de lui que son œuvre puait la littérature.

Les autres chefs de l'école lui étaient plus ou moins antipathiques.

— Daudet ! Quelle nullité ! s'écriait-il un jour devant mon ami Polivanoff, et comme celui-ci se récriait :

— Il ne fait qu'imiter Dickens... Et comme homme !... Quel caractère, quel caractère ! C'est un méridional très rusé et très pratique, un faux bon enfant qui sait fort bien faire ses affaires. Ses amis le jugent à sa valeur et m'en ont conté de belles sur son compte...

Il ne faudrait pas prendre ces boutades à la lettre. De nature excessivement nerveuse malgré son caractère placide, Tourguéneff était souvent injuste. Tantôt il s'enthousiasmait d'une œuvre médiocre parce qu'il y croyait sentir un accent de vérité et de sincérité ; tantôt il déniait toute valeur à une œuvre de mérite parce qu'il y rencontrait quelques traits faux ou anti-artistiques à son gré. Il ne pardonnait jamais et à personne, fût-ce aux plus grands écrivains, l'afféterie et l'emphase,

5

et nos critiques le blessaient au vif en lui imputant le premier de ces défauts.

Une fois, me montrant *les frères Zemganno*, qu'il venait de recevoir de l'auteur, il me dit :

— Voilà une œuvre inepte ! L'auteur ne comprend absolument rien à ce qu'il décrit. Il est faux et recherché dès la première page.

Je venais de constater que le livre n'était pas encore coupé : cela doublait ma curiosité de connaître ce qui provoquait un jugement aussi sévère.

— Écoutez donc !

Tourguéneff ouvrit le livre et lut :

« Quant au pitre, il était retourné à ses balances. Et assis sous le saule, dont le feuillage en éventail, gris et grêle, semblait sur sa tête la moitié d'une énorme et poussiéreuse toile d'araignée, il sommeillait fantastique, les semelles dans l'eau, incliné sur le trou glauque ùo dormait tout au fond le reflet d'une étoile. »

— Ici rien n'est vrai, reprit-il. Le vert parait toujours noir la nuit, jamais gris... Et *la toile d'araignée poussiéreuse*... n'est-ce pas pure envie de jeter de la poudre aux yeux ?... Et *glauque*... est-ce assez précieux !... Et avec ça, Goncourt s'imagine qu'il est bon observateur... Il y a quelque temps, je causais avec *eux* chez Flaubert... Ils disent qu'ils ne veulent pas que des bourgeois pleurent sur leurs livres.

— Faire pleurer un bourgeois quelconque, disent-ils, c'est indigne d'un écrivain sérieux... La vérité, rien que la vérité !...

— Oui, oui, ils ne peuvent pas faire pleurer, même quand ils le veulent : ce n'est pas si facile qu'ils l'imaginent...

Une autre fois Tourguéneff me parlait d'un autre roman de Goncourt : *La Faustin.*

— Il a voulu peindre les débuts d'une grande artiste comme Rachel, Mᵐᵉ Viardot, Sarah Bernhardt, et les sensations qu'elle éprouve après les premiers succès. C'est du pur galimatias... J'ai lu ce roman avec Mᵐᵉ Viardot, qui s'y entend! Elle trouve que tout ce que Goncourt avance est faux d'un bout à l'autre. L'artiste ne l'éprouve pas, et ce qu'elle éprouve réellement, Goncourt ne le sait pas.

Ainsi chacun avait sa part de critiques. Il faisait exception pour Guy de Maupassant, disant qu'il surpassait tous les autres avec son talent gai, frais et bien portant.

— Celui-là du moins ne voit pas la vie en noir. Ses théories sont l'opposé de celles des naturalistes.

Maupassant l'aimait beaucoup : il venait souvent chez lui et lui apportait ses manuscrits. Un jour que je trouvai Tourguéneff alité, malade de la goutte, il me conta que Maupassant sortait de chez lui et était venu lui lire la *Maison Tellier*. Il m'en esquissa le sujet en traits rapides, et tout enthousiasmé, s'assit brusquement sur son lit, oubliant son mal, qui, lui, n'oublia pas de lui rappeler sa présence.

VI

Quand je fis la connaissance de Tourguéneff, il se plaignait souvent de l'impossibilité où il était de travailler.

— J'ai différents plans dans ma tête, mais je ne puis rien faire. Ce qui est le plus triste, c'est que le travail ne me fait plus de plaisir. Auparavant j'aimais le travail comme on aime à caresser une femme. J'éprouvais une véritable volupté à rêver une œuvre ou à la corriger. Quand j'écrivais, je n'avais pas besoin de société ; je m'isolais dans mes terres. Là, j'avais une petite chambre dans les communs, quelque chose comme une cabane de paysans, meublée seulement d'une table de bois blanc et d'une chaise. Et là, tant bien que mal, je

travaillais des mois entiers. Souvent j'ai eu du
plaisir à faire des fumisteries littéraires. Quand
j'écrivais *Pères et enfants*, je tenais le journal de
Bazaroff. Si je lisais un livre nouveau, si je rencon-
trais un homme intéressant ou bien s'il arrivait un
événement politique ou social important, je l'inscri-
vais toujours dans ce journal au point de vue de
Bazaroff. Il en résulta un cahier très volumineux et
très curieux. Je l'ai malheureusement perdu. Quelqu'un me l'emprunta pour le lire et ne me le rapporta point.

— Est-il vrai, Ivan Serguéievitch, que vous avez
photographié Bazaroff?

— Non, ce n'est pas vrai. Ce type-là m'occupait
depuis longtemps déjà en 1860, quand une fois,
voyageant en Allemagne, je rencontrai dans un
wagon un jeune médecin russe. Il était phtysique,
de haute taille, de cheveux noirs et de teint bronzé.
Je le fis causer et fus étonné de ses opinions tran-
chantes et originales. Deux heures après, nous
nous séparâmes. Mon rôman était fait. Je mis deux
ans à l'écrire, mais ce n'était pas un travail. Il ne
s'agissait plus que de coucher sur le papier une
œuvre toute prête. Vous avez remarqué peut-être
que mon Bazaroff est blond. C'est la meilleure

preuve qu'il m'était sympathique. Dans mes ouvrages, tous mes héros sympathiques sont blonds. J'ai tiré de mes observations la conclusion que les blonds sont toujours plus sympathiques que les bruns. Voyez Bielinsky, Hertzen et d'autres.....

Au cours de cette conversation, Tourguéneff se plaignit encore que l'impossibilité où il était de travailler l'empêchât de faire la préface promise par lui pour la nouvelle édition russe de ses œuvres. Il devait y exposer l'histoire de son roman. *A la veille.*

— Vous racontez si bien, lui dis-je, que vous pourriez la rédiger en vous servant d'un sténographe. Vous *diriez* l'histoire à quelqu'un et le sténographe l'écrirait en même temps que vous parleriez.

— Mais où prendrai-je un sténographe russe?

Je lui promis alors d'amener avec moi une dame qui savait sténographier. Tourguéneff me répondit qu'il m'attendrait le lendemain à dix heures du matin, et dirait au domestique de ne recevoir personne. La consigne ne fut en effet que trop rigoureusement exécutée. Lorsque je vins avec la sténographe, le domestique ne voulut rien entendre. Le soir même, je reçus un billet de reproche de Tourguéneff.

« Voilà bien les Russes ! Ils promettent, puis ils ne tiennent pas. J'ai perdu toute ma journée à vous attendre. Venez demain. »

Quand on s'expliqua, Tourguéneff fut le premier à rire de l'aventure. Il me raconta, comme il était convenu, l'histoire d'Insaroff :

« Je passai presque toute l'année 1855 — comme les trois années antérieures — dans mes terres du gouvernement d'Orel. Le plus proche de mes voisins était un certain Vassili Karateieff, jeune propriétaire de vingt-cinq ans. Karateieff était romantique, enthousiaste, grand amateur de littérature et de musique, doué d'un humour original, toujours amoureux, impressionnable et franc. Il avait été élevé à l'Université de Moscou et passait sa vie dans les terres de son père, qui avait tous les ans des attaques d'hypocondrie, très voisines de l'aliénation mentale.

« Karateieff avait une sœur, créature très remarquable, qui finit, elle aussi, par devenir folle.

« Ces trois personnages sont morts aujourd'hui ; c'est pour cela que j'en parle si librement.

« Karateieff essayait d'administrer ses biens, occupation pour laquelle il n'avait absolument aucune aptitude, et aimait surtout à lire ou à causer avec des personnes qui lui fussent sympathiques. Ces gens-là étaient rares. Il ne plaisait pas aux voisins à cause de son esprit indépendant et de sa langue mordante. En outre, ils avaient peur de le présenter à leurs filles et à leurs femmes parce qu'il avait la réputation — qu'il ne méritait nullement d'ailleurs — d'un don Juan dangereux. Il me visitait souvent, et ses visites étaient presque mon unique distraction, mon unique plaisir, à cette époque peu gaie pour moi.

« Quand arrivèrent la guerre de Crimée et l'enrôlement de la noblesse dans la milice qui s'appelait *opoltchenié* (1), les gentilshommes de notre district, qui ne tenaient pas Karateieff en odeur de sainteté, se mirent d'accord pour le *cuire à point*, comme on dit chez nous, et l'élurent officier de cette milice.

« Quand il eut connaissance de son élection, Karateieff vint me voir. Je fus étonné de sa mine décomposée et altérée. Son premier mot fut :

« — Je ne reviendrai plus, je ne le supporterai pas, j'y mourrai.

« Certes sa santé n'était pas florissante. Sa poi-

(1) Institution analogue à la garde nationale mobile.

5.

trine lui faisait toujours mal et il avait une faible
complexion. Quoique je craignisse moi-même pour
lui toutes les difficultés de la campagne, je tâchai
de dissiper ses lugubres pressentiments et commençai par l'assurer qu'avant un an nous nous
réunirions encore dans notre trou, que nous
recommencerions à nous voir, à causer et à discuter comme avant ; mais lui persistait obstinément
dans son dire, et après une longue promenade
dans mon jardin, il m'apostropha tout d'un coup
de ces mots :

« — J'ai une prière à vous faire. Vous savez que
j'ai passé quelques années à Moscou ; vous ne
savez pas qu'il m'y est arrivé une histoire qui m'a
suggéré le désir de la raconter pour moi-même et
pour les autres. J'ai essayé de le faire, mais je me
suis bientôt convaincu que je n'ai pas de talent
littéraire. Toute l'affaire se réduit donc à ce petit
cahier que j'ai écrit et que je remets dans vos
mains.

« En disant ceci, il sortit de sa poche un petit
cahier d'à peu près quinze pages.

« — Comme je suis certain, continua-t-il, malgré
toutes vos consolations amicales, que je ne reviendrai pas de la Crimée, ayez la bonté de prendre

ces ébauches et faites-en quelque chose pour que cela ne se perde sans fruit, comme je périrai moi-même.

« Je commençai par refuser, mais voyant que ce refus le froissait, je lui donnai ma parole d'accomplir sa volonté.

« Le même soir, après le départ de Karateieff, je feuilletai son cahier. Il y avait là dedans marqué en traits rapides tout ce qui a fait ensuite le sujet de *A la veille*. D'ailleurs, le récit n'était pas mené à terme et s'interrompait brusquement.

« Karateieff, pendant son séjour à Moscou, était devenu amoureux d'une jeune fille qui le payait de réciprocité. Elle fit connaissance du bulgare Katranoff, — personnage, comme je le sus ensuite, bien connu en son temps et qui n'est pas encore oublié aujourd'hui dans sa patrie : — elle s'en éprit et partit avec lui pour la Bulgarie, où il mourut bientôt.

« L'histoire de cet amour est racontée sincèrement quoique sans art. Il est évident que Karateieff n'était pas né homme de lettres. Une scène seulement, la partie de plaisir à Tzarizino, était jetée sur le papier avec assez de vie. J'en ai conservé dans mon roman les traits principaux.

« En ce temps-là d'ailleurs, diverses images grouillaient dans ma tête. Je voulais me mettre à écrire *Roudine*, mais la thèse que je tâchais de développer dans *A la veille* surgissait quelquefois devant moi. Le type de l'héroïne principale, Hélène, alors type nouveau dans la vie russe, se dessinait assez clairement dans mon imagination. Je n'avais pas le héros, l'homme à qui Hélène, avec sa vague mais forte tendance à la liberté, pourrait se donner.

« Après avoir lu le cahier de Karateieff, je m'écriai involontairement : — Voilà le héros que je cherchais. Il n'avait pas son pareil parmi les Russes d'alors.

« Quand, le lendemain, je vis Karateieff, non seulement je lui confirmai ma décision d'accéder à sa prière, mais je le remerciai aussi de m'avoir tiré d'embarras, de m'avoir apporté un rayon de lumière dans mes recherches et dans mes combinaisons confuses jusque-là. Karateieff en fut fort aise. Il me répéta encore une fois :

« — Ne laissez pas mourir tout cela.

« Il partit ensuite pour le service en Crimée d'où, à grand regret, il n'est pas revenu. Ses pressentiments s'accomplirent : il mourut du typhus dans le quartier de la mer Putride où se trouvait logée dans des chaumières notre milice d'Orel, qui n'a vu pendant toute la guerre un seul ennemi et qui a perdu néanmoins, de toute sorte de maladies, presque la moitié de ses hommes.

« Je différai, cependant, l'accomplissement de ma promesse, je m'occupai d'un autre travail. Après *Roudine*, je me mis à la *Nichée de gentilshommes*... L'hiver de 1858-1859 seulement, me trouvant dans le même village et dans le même milieu que pendant mes relations avec Karatéïeff, je sentis que les impressions endormies commençaient à germer. Je retrouvai et je relus le cahier. Les images qui s'étaient retirées au second plan revenaient de nouveau au premier. Je repris la plume.

« Quelques-unes de mes connaissances surent alors tout ce que je viens de raconter. Je regarde comme un devoir maintenant, en faisant l'édition définitive de mes romans, de le raconter aussi au public et de payer ainsi un tribut tardif à la mémoire de mon pauvre jeune ami.

« Voilà comment un Bulgare est devenu le héros de mon roman. »

Quand la sténographie eut transcrit cette conversation, Tourguéneff la lut et fut très mécontent de sa préface.

— Aqueux, fade, pas de force dans le style, dit-il. C'est comme ces singes qui voulurent jouer un quartète. Ils eurent beau s'asseoir qui d'une façon, qui d'une autre ; ils ne purent être musiciens.

C'était dit avec une tristesse profonde qui m'a beaucoup ému. Les consolations banales n'eussent pas convenu. Comme je n'étais pas de son avis, que je pensais que l'abattement n'était que momentané, je lui dis qu'avec la tension d'esprit indispensable pour mener à bonne fin une œuvre comme *Terres vierges*, il était impossible de se mettre aussitôt à un autre travail.

— Vous laissiez toujours s'écouler de longs intervalles entre vos œuvres.

Cette idée lui plut.

— Vous avez raison, répondit-il, *Terres Vierges* m'a pris beaucoup de force. Tout le monde m'insulte maintenant. On dit que je ne connais pas ce que j'écris. C'est faux. Le sujet des *Terres Vierges*, je l'ai étudié à fond. Et malgré tous les critiques, je persiste, maintenant comme avant, dans mes opinions sur la politique à suivre contre le gouvernement.

C'était là son dada. Sa conviction qu'il connaissait parfaitement notre jeunesse était inébranlable

et nos critiques ne l'en pouvaient faire démordre.
L'un d'eux, parlant des articles publiés à l'étranger
sur *Terres Vierges*, concluait : « Les étrangers peuvent lui consacrer des articles, nous autres, nous
ne voulons même pas cracher là-dessus. »

— Quelle avarice, bon Dieu ! répliqua Tourguéneff.

— Dans le type de Solomine, continua-t-il, je
défends le système de la ruse, de la rouerie. Il est
malhonnête, répond-t-on, d'agir ainsi. Mais ce Solomine, il faut le comprendre. C'est un révolutionnaire ; cependant il n'est pas de ceux qui se laissent
pincer dans les engrenages, et il fait bien puisqu'il
n'agit point par intérêt, qu'il le fait pour la cause
de sa patrie.

Et ici il me raconta une histoire advenue à Saint-
Pétersbourg, lors de son séjour, à Lopatine, un
jeune révolutionnaire, célèbre en Russie par ses
évasions extraordinaires de prisons et de Sibérie,
qu'il avait connu à Paris et qu'il aimait beaucoup.

— C'est le nihiliste le plus gai que je connaisse,
disait-il de lui.

Pendant le dernier séjour de Tourguéneff à
Saint-Pétersbourg, Lopatine, qui faisait de temps
en temps des échappées en Russie, venait le voir à

l'hôtel Dussau. Tourguéneff savait que la police le filait ; il lui conseilla de se sauver. L'autre était si sûr qu'on ne l'arrêterait pas qu'il refusa en riant. Et il fut arrêté un beau jour.

— Serait-il mieux d'agir comme Lopatine ? Ne vaut-il pas mieux être Solomine ? On ne l'a pas compris, et de tout ce que j'ai entendu dire à propos de *Terres Vierges*, je ne trouve juste que l'opinion du directeur de la *Pensée russe* dans son toast à la multiplication en Russie de gens comme Solomine.

C'était au banquet donné à Tourguéneff, à Moscou, en 1879. Il aimait à revenir souvent sur ce sujet et regrettait que son héros favori bien aimé — un blond lui aussi — ne fût pas compris comme il le voulait.

On lui plaisait toujours en prenant la défense de celles de ses œuvres que la critique maltraitait. Un jour, je causai avec lui des *Eaux printanières* que je venais de relire. Je lui dis qu'à mon avis c'était son œuvre la plus artistique. L'action marche rapidement, les descriptions sont serrées, les caractères tracés en deux ou trois phrases. Tourguéneff fut charmé de cette appréciation si opposée à tout ce que l'on avait écrit en Russie sur ce roman.

— Que je suis aise d'entendre cette appréciation,
me dit-il. Je la partage entièrement. Notre critique
m'a fort injurié au sujet de ce roman. On a même
dit que c'est une œuvre creuse. En bonne russe
qu'elle est, notre critique s'est plainte qu'il n'y eût
aucune thèse dans *les Eaux printanières*. Elle ne
veut jamais juger comment l'œuvre est faite : elle
ne veut voir que le sujet. On ne peut vraiment
apprécier les œuvres littéraires plus pitoyablement
et en leur nuisant davantage. Je ne puis lire sans
un dégoût profond ces criticastres. Il me semble
que l'auteur les ait offensés en quelque manière et
qu'ils se vengent sur sa personne, mais ne criti-
quent pas son œuvre. Pour les auteurs en renom,
ce n'est rien sans doute, mais cela tue les débu-
tants. Pour moi, cela va sans dire, il m'est désagréable de voir défigurer mes intentions, mais je
trouve des consolations, d'abord dans ma propre
conscience, ensuite dans les appréciations du
public. Notez-le bien, notre public est toujours
plus capable de comprendre et d'apprécier un bon
ouvrage que ne l'est un homme du métier.

Puis, Tourguéneff ajouta :

— Tout ce roman-là est vrai. Je l'ai vécu et senti
personnellement. C'est ma propre histoire.

« Madame Polozoff est une incarnation de la princesse Troubetzkoï que j'ai bien connue. En son temps, elle a fait beaucoup de bruit à Paris : on s'y souvient encore d'elle.

« Pantaleone demeurait chez elle. Il occupait dans sa maison une position intermédaire entre le rôle d'ami et celui de serviteur. La famille italienne aussi est prise sur le vif. Seulement j'ai changé les détails et j'ai transposé, car je ne puis pas photographier en aveugle. Ainsi, par exemple. la princesse était bohémienne de naissance : j'en ai fait le type d'une grande dame russe d'extraction plébéienne. Pantaleone, je l'ai mis dans la famille italienne... Ce roman, je l'écrivis avec un véritable plaisir et je l'aime comme j'aime toutes mes œuvres écrites ainsi.

— Quelle est celle de vos œuvres que vous aimez le mieux ?

— C'est *Le premier amour*. C'est une histoire véridique qui s'est passée comme je l'ai racontée, et même le héros principal, c'est mon père. Au contraire, les *Mémoires d'un Chasseur*, à quelques exceptions près, me paraissent la plus faible de mes œuvres, au point de vue du procédé. Il n'y a pas longtemps, je les ai relus et bien des fois j'ai eu envie de les refaire d'un bout à l'autre.

De ce qu'il publia dans les dernières années de sa vie, c'est le *Désespéré* qui plaisait le plus à Tourguéneff. Pour avancer cette assertion, je me fonde sur un entretien assez orageux que j'eus avec lui à propos de cette nouvelle. J'avais reçu de lui le tirage à part du *Désespéré*. Je lui fis observer avec toutes les formes de rigueur qu'à mon avis le titre de cette nouvelle n'était pas juste et qu'il fallait l'appeler plutôt *Le malheureux*. Tourguéneff s'emporta soudain.

— Pourquoi ? fit-il brusquement.

— Parce que, répondis-je, dans la nouvelle, il y a toutes les données possibles pour admettre que votre héros est un homme atteint d'un vice organique. Son père était épileptique, sa mère hystérique. Il n'y a que quelques jours j'ai entendu le professeur Magnan dire dans une conférence que les enfants de parents de ce genre sont toujours idiots, aliénés ou alcooliques. Votre héros a pris fatalement le chemin qu'il devait prendre. Vous l'avez compris comme artiste et l'avez peint magistralement. Vous vous trompez absolument en pensant que, s'il vivait maintenant, il aurait pris une autre voie et serait nihiliste.

— Eh bien ! pardonnez-moi, mais tout simplement, vous ne comprenez rien à mon œuvre. D'abord l'épilepsie n'est pas une maladie, elle ne prouve qu'un excès de force. Dans les familles de notre noblesse, elle n'est certes pas rare. Eh bien ! direz-vous que la noblesse russe dégénère ?

J'omets mes répliques, qui n'ont qu'un intérêt médiocre, pour ne transcrire que les paroles de Tourguéneff.

— J'ai expliqué tout exprès que Micha Polteff était un homme absolument sain : il se sentait seulement à l'étroit dans la vie banale et préférait la misère, avec toutes sortes de privations, à végéter dans la mesquinerie. Pour effacer tout soupçon sur son impuissance physique, je l'ai marié et j'ai souligné qu'il avait un enfant. En outre, j'ai noté ses joues roses, malgré la vie de débauche qu'il menait. Vous prétendez qu'il ne serait pas nihiliste aujourd'hui. Je vous réponds encore une fois que vous n'y entendez rien.

— Ivan Sergueievitch, ne vous fâchez pas. J'expose simplement mon opinion, et encore cette opinion ne porte-t-elle pas sur la nouvelle elle-même,

mais seulement sur la façon dont vous l'expliquez.
L'œuvre en elle-même est fort belle. Votre héros
est plein de vie sous mes yeux : c'est pour cela que
j'ai le droit d'en parler.

— Plein de vie, je sais parbleu bien qu'il est
plein de vie, mais comment pouvez-vous dire qu'il
n'aurait pas pris le chemin que je lui ai tracé? Si, il
l'aurait pris. Remarquez seulement comment il a
les dents plantées. Dans sa bouche, dans l'expression de sa physionomie, il y a quelque chose d'une
bête féroce, d'un lion, oui, d'un lion, tout à fait
comme chez Danton, Marat, Robespierre, de vrais
révolutionnaires, ceux-là. Les nôtres doivent être
comme eux.

— Mais les nôtres, Ivan Sergueievitch, vous ne
les connaissez pas !

Cela mit le bon Tourguéneff hors de lui. Jamais ni avant ni après je ne l'ai si furieux :
sans le vouloir j'avais touché le point le plus sen-
sible.

Il était convaincu qu'il connaissait à fond toutes
les classes de la société russe et rien ne le fâchait
plus que le critique Mikhaïlovsky quand il affirmait
que Tourguéneff, vivant à l'étranger, avait tout à
fait oublié la vie russe.

— Comment je ne connais pas les nihilistes? Ici seulement, à Paris, j'en ai vu des centaines.

— Vous en verriez encore autant que vous ne les connaîtrez pas. Vous connaissez seulement les réfugiés. Il n'y a que la haine de M. Katkoff chez nous et ici l'ignorance des journalistes qui puissent faire d'eux un épouvantail. A vrai dire, ce sont des hommes jetés à la côte, brisés, malheureux, hors de combat. Leur rôle politique se réduit à lire *La Justice* et *Le Prolétaire*... Les autres, ceux qui sont en Russie, vous ne les connaissez pas, vous ne pouvez les connaître.

Cette discussion dura longtemps. Tourguéneff criait, se démenait, gesticulait, courait de long en large dans la pièce. Sa fille, qui était alors chez Madame Viardot et à qui il avait promis de faire avec elle une promenade au Bois de Boulogne, entra plusieurs fois dans la chambre pour l'appeler. Il répondit d'abord : — Tout de suite. Puis, brusquement, il répliqua qu'il ne pouvait pas, qu'il était occupé.

Je regrettais profondément d'avoir commencé cette discussion qui avait mis Tourguéneff de mauvaise humeur ; j'essayai de donner un autre cours à la conversation, mais c'était inutile. Enfin je pris mon chapeau.

Tourguéneff ne voyait rien : il continuait toujours.

— Eh bien ! alors vous dites contre moi la même chose que *la Nedelia*.

— Je ne sais pas ce qu'a dit *la Nedelia*. J'énonce ma pensée personnelle.

Quand je pris congé, Tourguéneff se calma, m'assura qu'il m'était très reconnaissant de l'opinion que j'avais exprimée franchement et qu'il me faisait ses excuses si, à la manière russe, il s'était trop échauffé dans la discussion. Seulement, à partir de ce jour, je fus convaincu que, comme tous les écrivains, Tourguéneff était très chatouilleux pour tout ce qui concernait **ses œuvres**.

VII

Peu après le début de mes relations avec Tourguéneff, je pus voir comment il trouvait un roman
considérable et largement conçu.

La cause de cette œuvre était mon ami Polivanoff,
un original comme il y en a peu.

A dix-neuf ans, sans un sou dans sa poche, sans
connaître aucun métier ni aucune langue étrangère, Polivanoff partit pour les États-Unis « pour y
étudier un pays libre ». Il y resta deux ans, travaillant tantôt comme coiffeur, tantôt comme homme
de peine dans la ferme d'un spirite célèbre.

D'un caractère inquiet, enthousiaste, nerveux,
Polivanoff raffolait alors des théories communistes
de la vieille école, nébuleuses et vagues, qui englo-

baient toutes les aspirations de l'esprit et de la
morale humaine. Le spiritisme américain, très
imbibé des idées socialistes, avec cette idée qui lui
est propre du progrès après la mort, avec sa pré-
tendue base scientifique, tous ces vagues fantômes
produisirent une forte impression sur la jeune tête
de Polivanoff. Néanmoins il ne vécut pas longtemps
chez le spirite, parce que ses actes ne s'accor-
daient pas avec sa manière de penser. En outre,
Mister Tootle commençait à concevoir quelque
jalousie de sa femme, éperdûment éprise de l'adolescent.

En quittant le spirite, Polivanoff s'en alla chez les
shakers. Sa vie chez eux est éminemment intéressante, mais ce n'est point ici le lieu de la raconter.

Après un an de séjour, il revint en Europe parfait
shaker. Le costume, la coiffure, les manières, la
parole mystique, tout faisait voir en lui un sectaire.
Toutes ces qualités cependant ne suffisaient pas
pour vivre à Paris. Il fallait chercher du travail, et
dès ce temps-là, pour tous les Russes de Paris,
chercher du travail, c'était aller chez Tourguéneff.
Tourguéneff donnait toujours de longues recommandations, des attestations certifiant tout ce que

6

vous voudrez. Polivanoff devait faire comme tout le monde,

Un beau jour, il se présenta rue de Douai et fit passer sa carte. Tourguéneff n'était pas disposé ce jour-là à recevoir du monde, et comme toute sorte de visiteurs et de solliciteurs l'ennuyaient beaucoup, il lui fit répondre par un domestique :

— Que M. Polivanoff m'indique par écrit ce qu'il veut ; à mon grand regret je ne puis le recevoir.

Polivanoff se fâcha.

— Dites à M. Tourguéneff, riposta-t-il, que je n'ai rien à lui écrire.

Il s'en alla.

La réponse plut fort à Tourguéneff. Il envoya sur-le-champ au visiteur impertinent une invitation de venir le voir quand il voudrait.

Polivanoff revint quelques jours après. Pendant ce temps il avait su trouver une occupation. Pour 150 francs par mois, l'ex-shaker traduisait en russe des annonces pour une agence.

Tourguéneff aimait les gens énergiques, audacieux, avec des idées originales quoique absurdes. Dès le premier jour, entre le grand vieillard et l'adolescent plein d'effervescence, se lia une amitié étroite. Ils se voyaient tous les jours, et des deux côtés récits et confidences n'avaient pas de fin. Tourguéneff lui raconta tous ses plans, ses affaires privées les plus intimes. Polivanoff écoutait tout, donnait son avis, approuvait ou désapprouvait. En ce dernier cas, ils avaient des discussions.

Pour le dire en passant, c'est grâce précisément à ce trait de son caractère de savoir devenir ami dès la première entrevue que Tourguéneff réussissait à connaître de si près différents types de gens. Si quelqu'un lui plaisait, il se liait tout de suite, lui racontait naïvement tous ses secrets, et en réponse on le payait de la même monnaie...

Tourguéneff se lia donc étroitement avec le jeune Polivanoff. Si Polivanoff ne venait pas pour une raison quelconque, Tourguéneff s'inquiétait, demandait de ses nouvelles à leurs connaissances communes, l'invitait par écrit à venir *causer*.

J'assistai quelquefois à ces causeries. Ils causaient de la femme russe et de l'amour. Tous les deux étaient adorateurs passionnés de la femme russe, « qui n'a d'égale dans aucun autre pays ».

— La femme russe est un être sublime et pur, disait Polivanoff.

— Oui, pur, affirmait Tourguéneff. Aucune autre ne peut aimer d'un amour aussi absolu, aussi désintéressé. Elle aime le peuple et elle va dans ses rangs sans phrases : elle va et elle le sert ; elle s'enfouit dans un village ; elle oublie sa propre personne, se refuse toute affection personnelle, et même la maternité.

Polivanoff, pour adhérer à ces affirmations, indiquait des faits connus de lui. Il savait beaucoup sur la femme russe, et Tourguéneff charmé l'écoutait avec attention.

Bientôt cependant ces discussions théoriques prirent un caractère plus réel.

Polivanoff était amoureux. Il ne pouvait encore dire avec certitude qui il aimait. Il voyait deux sœurs, deux jeunes filles, qui étudiaient l'agriculture à Paris. Polivanoff était amoureux de toutes deux à la fois, platoniquement sans doute, comme un shaker. Il les avait rencontrées dans une famille russe, et, dès la première soirée, il leur avait tourné la tête par ses discours vagues et inspirés sur l'idéal moral, sur la justice sociale, le but de la vie, etc. Avant de le connaître, les deux jeunes filles vivaient modestement dans un petit appartement. Elles étudiaient avec ardeur la chimie, allaient tous les jours au cours, ne voyaient pas leurs compatriotes, et jouissaient d'un parfait bonheur. L'aînée était d'autant plus heureuse qu'elle aimait un étudiant français, très travailleur, qui les aidait dans leurs études de chimie. Le jeune Français était éperdûment épris de sa fiancée et la noce déjà décidée, quand Polivanoff révolutionna ce milieu paisible.

Il parla aux deux sœurs de choses qu'elles n'avaient jamais entendues : il leur parla des *devoirs*, de l'idéal. Il disait que l'étude ne suffit pas, que ce n'est qu'un moyen d'être utile au peuple, qu'il ne faut pas en profiter pour s'enrichir et exploiter les mougiks. Les jeunes filles avaient de grandes propriétés dans le midi de la Russie. Elles étudiaient l'agriculture pour utiliser leur savoir en surveillant la culture de leurs terres.

Prêcher les théories de Polivanoff, c'était rompre l'harmonie qui existait entre la sœur aînée et son fiancé, puisque le Français ne leur parlait de rien de pareil. Quoiqu'il fût très fort en chimie, c'était un homme aimable, mais un peu étroit de vues. Il ne savait rien en dehors de sa science.

Avant qu'elles ne connussent Polivanoff, il occupait l'attention des deux sœurs : maintenant son rôle était devenu ridicule.

Pendant des heures entières, Polivanoff dévelop-

6.

pait en russe ses théories : tous les trois s'enthou-
siasmaient ou bien se révoltaient, et le pauvre
Français, n'y comprenant rien, s'ennuyait, bâillait
ou se fâchait. Il en résultait que la fiancée en con-
cevait un certain mépris pour son bien-aimé, le
regardait de haut en bas, et ne parlait presque plus
avec lui.

Les deux sœurs s'en allaient tous les jours avec
Polivanoff au concert, au théâtre, à la promenade,
ou bien dans sa petite chambre dans un hôtel de la
rue Jacob, où les conversations enthousiastes se
continuaient au delà de minuit.

Le Français se désespérait, se tourmentait et,
devenu méchant, faisait des scènes à sa fiancée,
exécrait Polivanoff de toute son âme comme l'unique cause de tous ses malheurs. C'était jeter de
l'huile sur le feu, puisque, notez-le bien, Polivanoff
et les deux sœurs avaient la conviction qu'ils agis-
saient d'une manière irréprochable. Et, à vrai dire,
leur conduite était très chaste, sans aucune arrière-
pensée mauvaise. Les jeunes filles regardaient
Polivanoff comme leur maître, un homme noble
qui les avait conduites des ténèbres à la lumière.

Elles l'aimaient pour cette raison. Polivanoff, de

son côté, les aimait comme de bonnes filles à qui il avait rendu un service moral.

Ce service, il voulut aussi le rendre au Français en lui développant ses théories en français hétéroclite. Le Français n'y comprenait rien et répondait d'un ton irrité :

— C'est de la philosophie, ça ! Je n'en veux pas !

A son avis, Polivanoff ne faisait que pervertir sa future femme et sa future belle-sœur. Il ne pouvait pas comprendre que des jeunes gens pussent rester ensemble presque toute la nuit pour causer de « philosophie ».

— Si vous parlez vraiment de philosophie, pourquoi êtes-vous si émus ? Pourquoi rougissez-vous, pâlissez-vous ? Pourquoi avez-vous quelquefois les larmes aux yeux quand vous entendez parler ce monsieur ?

— Mais ce n'est pas de la philosophie, lui répondait sa fiancée avec désespoir : ce sont des questions de la plus haute actualité, qui doivent intéresser tout honnête homme ; vous aussi, vous devez les connaître et vous y intéresser.

— Mais vous voyez que cela ne m'intéresse pas, et cependant je suis un honnête homme, vous le savez. Si vous m'aimez vraiment, vous devriez suivre mon exemple, et, au surplus, vous ne devez plus voir Polivanoff.

— Je vous aime, mais cela ne sera jamais. Vous n'avez aucun droit à exiger cela de moi.

— Alors Polivanoff vous est plus cher que moi ! Vous l'aimez, dites-le franchement...

— Nous ne nous comprenons pas parce que vous êtes Français et que je suis Russe, répondait la jeune fille.

Tous les deux avaient raison à leur point de vue, mais ce fut le début d'une histoire dramatique dont la cause était le conflit de deux nationalités sur le terrain de l'amour.

L'affaire était bien claire.

L'aînée aimait sans aucun doute le Français et Polivanoff, bien qu'elle ne sût se décider pour l'un ou pour l'autre. A cela se mêlait chez elle un sentiment de pitié pour son fiancé, et le tout se compliquait de bien des raisons de famille.

Pour sortir d'une manière quelconque de cette position pénible, il fut décidé, après de longues délibérations des deux sœurs avec Polivanoff, avec la participation invisible de Tourguéneff, que l'aînée se marierait avec le Français.

Un beau jour, on alla à la mairie et ils furent

déclarés mari et femme. Immédiatement après la noce, la jeune mariée, sa sœur et Polivanoff, me rejoignirent à un concert à l'église Saint-Eustache.

— Pourquoi êtes-vous venus si tard ? leur demandai-je.

— On nous a retenus à la mairie : je me suis mariée avec Maurice, répondit la jeune femme.

Tourguéneff, comme je l'ai dit plus haut, était au courant de tous ces détails. Les jeunes filles ne faisaient un pas sans s'enquérir de son avis par l'intermédiaire de Polivanoff, et lui s'intéressait aux péripéties les plus minimes de cette histoire comme si elles lui étaient personnelles.

Au moment le plus dramatique, j'assistai par hasard à une consultation que Tourguéneff donna à Polivanoff. Quand j'entrai, Polivanoff lui faisait voir les photographies des deux sœurs. Tourguéneff prit la photographie de l'ainée et l'envisagea longtemps.

— Cette femme, dit-il, sera toujours malheureuse. Elle a les nerfs trop à nu.

— Voilà, monsieur le romancier, me cria-t-il quand Polivanoff partit, un grand sujet pour un roman ! Jamais personne ne traita le pareil. Ah ! si j'étais jeune ! Mettez-vous à la besogne.

Au ton de sa voix, à l'éclat de ses yeux, de toute sa figure émue, je compris que dans l'âme du grand poète une création fermentait.

— Il n'y a que vous, lui répondis-je, qui puissiez réaliser une telle œuvre. Non pas seulement parce vous avez un grand talent, mais aussi parce qu'il est douteux qu'il existe un autre homme au monde qui connaisse, comme vous les connaissez, les différences du caractère russe et du caractère français.

— Oui, je les connais, répondit-il lentement. Chose étonnante ! ce roman, je le vois devant mes yeux comme s'il était tout fait. Seulement je suis sans forces. Je ne pourrai le mener à terme. Écrivez-le donc. Je vous aiderai. Je vous raconterai mon plan, les caractères : je vous donnerai mes notes.

Je ne répondis que par un sourire.

Le lendemain je revins voir Tourguéneff ; derrière moi, Polivanoff entra. Je fus étonné du changement de la physionomie du Maître. Il était pâle comme un mourant, à demi renversé sur son fauteuil, en robe de chambre. Ses yeux brillaient d'un éclat fiévreux.

— Qu'avez-vous, Ivan Sergueiévitch ? Êtes-vous souffrant ?

— Non, répondit-il en souriant ; je n'ai pas dormi de toute la nuit. Son histoire — et il m'indiquait Polivanoff de la tête — m'a tant ému que j'y ai rêvé toute la nuit. Tous les personnages sont debout, marchent, discutent et parlent. Il ne me reste qu'à les écouter. C'est très étonnant, je ne l'aurais pas attendu de moi maintenant. Tout à fait comme quand j'étais jeune ! Quand mes héros nouveaux commencent à me persécuter, il n'y a qu'une manière de m'en débarrasser : c'est d'écrire.

— Et vous le faites maintenant ?

— Je l'ai commencé. J'ai déjà fait les biographies de tous les personnages : chacun a son dossier.

« Le roman, voici comment je le vois !

« Un jeune Russe, très instruit, et d'idées très avancées, vient à Paris, où il fait connaissance d'une dame russe mariée avec un Français. Son mari, c'est un politicien très en vue, d'idées radicales. Les gens de son parti attendaient beaucoup de lui. En un mot c'est un Français *moderne*, homme de talent et d'opinions avancées. Il est sorti de la basse classe. Son père, paysan aisé, n'a rien épargné pour faire de son fils un *monsieur*. La mère est une femme ignorante et grossière, *qui a un amour bestial pour son fils*. Tous deux le regardent comme la gloire de la famille, comme une célébrité. Ils n'aiment pas leur bru : ils ne trouvaient pas mauvais que leur fils épousât une *princesse russe*, car sa fortune séduisait leur avarice de paysans, mais ils ne l'aiment pas néanmoins parce qu'elle n'est pas Française. Comme dans le cas de Polivanoff, le mari est un homme d'un cœur très bon, mais il a une manière tout à fait française d'envisager la vie de famille et le mariage. Il ne peut comprendre que sa femme reçoive chez elle des jeunes gens, qu'elle use de la liberté admise dans notre société russe. Il en résulte une quantité de petites scènes qui peu à peu les rendent étrangers l'un à l'autre. La femme commence à voir dans son mari un être borné, incapable de s'élever à ses hautes conceptions humanitaires. Lui, il vit de la politique du jour, de ces tempêtes dans un verre d'eau. Comme dans le cas de Polivanoff, il devient jaloux sans motif. La jalousie lui inspire des petitesses, des brutalités, et tout cela finit par l'amour de sa femme pour son compatriote. »

Les images, les scènes, se pressaient tellement dans la tête de Tourguéneff qu'il parlait en phrases hachées, par allusions, par gestes, et finit par laisser tomber sa main de dépit.

— Non, tout cela, il faut l'écrire. Autrement vous ne comprendrez rien.

Deux ans après, je le trouvai devant un tas de petites feuilles écrites et il me dit :

— Voilà, j'écris l'histoire de Polivanoff. Dites-lui qu'elle avance.

Quelques personnes qui n'ont connu l'histoire de ce roman que par ouï-dire l'ont racontée d'une façon inexacte. Elles ont cru que Tourguéneff n'en avait pas écrit une ligne. Témoin oculaire, je puis affirmer qu'on trouverait dans les papiers de Tourguéneff le manuscrit de cette œuvre et qu'un jour ou l'autre elle sera publiée.

VIII

Un des côtés tragiques des dernières années de Tourguéneff, c'était la solitude dans laquelle il vivait. Elle le tourmentait beaucoup. Homme sociable de sa nature, il avait certes beaucoup de relations, il était entouré de l'estime générale et cent fois par jour il en recevait la preuve. Mais il n'avait pas d'amis. Tous ceux qui, pour une raison ou une autre, s'estimaient tels, lui étaient à vrai dire étrangers, et n'occupaient aucune place dans son cœur.

Je me demande si de toutes ces relations vieilles ou nouvelles, il y en eut une seule dont il ne me parlât au moins une fois avec amertume, dont il ne se plaignit pour une cause ou une autre. Et consciencieusement, je dois dire qu'il n'y en avait pas une seule.

Tourguéneff avait beaucoup de bonhomie, mais cela ne l'empêchait pas de comprendre que la majorité de ses *amis* avait raison d'attacher du *prix* à son amitié, puisque d'une manière ou d'une autre, il pouvait leur être *utile* à tous. Et notez-le bien, je ne parle pas ici de ceux qui avaient recours à sa bourse.

Les gens de cette sorte se divisaient en deux catégories : les malheureux, qu'il aimait à secourir, et les charlatans, qui pouvaient quelquefois lui escroquer cent ou deux cents francs, mais auxquels il ne laissait plus dépasser le seuil de sa porte. Il était d'ailleurs mille fois beaucoup plus utile aux gens *gras et bien peignés* qu'aux malheureux et aux chevaliers d'industrie.

Le manque d'amis, l'absence de vie de famille, le plongeaient dans un chagrin mélancolique. Il avait beaucoup de temps libre et dans le cœur un vide qu'il s'efforçait de remplir en se liant avec la jeunesse russe qui vivait à Paris. Il aimait à guider les débuts des jeunes gens dans la vie, à écouter le récit de leurs chagrins, de leurs joies, de leurs espérances.

— Je suis comme un vieux roc, disait-il souvent, à l'abri duquel de jeunes mouettes viennent se garer de la tempête.

Et il donnait cet abri aux pauvres oiseaux. Il les pilotait en homme d'expérience, et, très pessimiste, il ne partageait pas les illusions politiques de notre jeunesse, mais il aimait à les entendre exprimer par ceux qui en vivaient.

Presque tous les jours, de dix heures à une, au troisième du 50 de la rue de Douai, on pouvait rencontrer cinq à six jeunes gens qui voulaient lui prouver l'imminence d'une prochaine révolution en Russie ou bien à qui il racontait des anecdotes de sa vie ou de la vie de ses amis.

Ces souvenirs étaient souvent très comiques. C'étaient parfois des pages vivantes d'histoire.

Je veux en rappeler quelques-unes.

Quand Tourguéneff étudiait la philosophie à Berlin, il vivait avec le célèbre anarchiste Michel Bakounine. Ce dernier l'aimait beaucoup. Il le tenait pour un homme d'un grand avenir et le choyait comme son fils.

Bakounine avait huit ans de plus que Tourguéneff.

Il le gardait surtout des aventures amoureuses.

Lui-même ne s'en occupait jamais et avait l'idée
que l'homme qui perd son temps à des fanfre-
luches de ce genre agit malhonnêtement et ne
donne aucune espérance.

Tourguéneff, qui avait alors 19 ans, partageait totalement en théorie les idées de son Mentor, mais
dans la pratique il avait pas mal de défaillances.

Il aimait une jeune Gretchen, couturière de son
métier, chez qui il faisait parfois de furtives
échappées ; mais à sa terreur et à sa honte,
Bakounine devinait toujours quand il revenait de
chez sa bien-aimée.

A peine se montrait-il sur le seuil de la porte
que Bakounine l'accueillait par ce salut plein d'un
mépris profond.

— Ah ! perverti, tu étais donc encore chez ton
Allemande !

Tourguéneff devenait tout rouge et ne savait
que répondre.

— Comment pouvait-il le savoir ? ajoutait Tourguéneff ; aujourd'hui encore je ne puis le comprendre.

Les relations amicales de Tourguéneff et de
Bakounine durèrent jusqu'après 1860, époque où
ils se brouillèrent.

La cause de leur rupture, la voici :

En partant de Paris pour Saint-Pétersbourg. Tourguéneff reçut un jour de Bakounine un gros paquet avec prière de le remettre à un certain Kostomaroff, homme de lettres russe. Tourguéneff. ne soupçonnant rien, s'en chargea et en arrivant à Saint-Pétersbourg le remit à destination.

Quelques jours s'écoulèrent...

Tout d'un coup Tourguéneff, un beau matin, reçut la visite du commissaire de police, qui le pria de se présenter à la forteresse Petropavlosky, prison des détenus politiques.

Réunissant toute son audace, — et Dieu sait comme cela lui était difficile, — il s'y rendit.

On l'introduisit dans le cabinet du colonel des gendarmes qui faisait l'instruction, et l'interrogatoire commença :

— Que savez-vous sur la société secrète X ?

— J'en entends parler pour la première fois.

— Cependant, vous êtes un de ses organisateurs.

— De grâce ! Que dites-vous ? C'est faux ! s'écriait Tourguéneff stupéfait de cette accusation.

— Nous avons des preuves.

— Ayez la complaisance de me les faire connaître.

Le colonel des gendarmes retira gravement du dossier une feuille de papier à lettre et la passa à Tourguéneff, qui reconnut l'écriture de Bakounine et lut...

Dans cette lettre, Bakounine faisait savoir à Kostomaroff qu'il avait créé une société secrète dont les organisateurs étaient en première ligne Tourguéneff, Hertzen et beaucoup d'autres célébrités ruses. La société russe invitait Kostomaroff à être son agent à Saint-Pétersbourg.

— Reconnaissez-vous cette écriture ?

— Oui, monsieur.

— Et vous persistez toujours à nier votre participation au complot ?

— Plus que jamais. Ce mensonge inventé par Bakounine est tout à fait révoltant. Depuis ma naissance, je n'ai fait partie d'aucune société.

— Cependant, cette lettre, c'est vous-même qui l'avez remise à Kostomaroff.

Que faire? Le colonel des gendarmes avait raison à un point de vue. Les apparences étaient accablantes. Je ne sais comment l'affaire eût tourné si des amis influents n'étaient venus au secours de Tourguéneff et n'avaient assuré qui de droit qu'il était un homme des plus pacifiques et

par tempérament tout à fait étranger aux conspi-
rations.

A sa première rencontre avec Bakounine à
l'étranger, Tourguéneff lui demanda des expli-
cations sur sa conduite au moins étrange.

— Mais c'est bien simple, répondit celui-ci. La
société, dont on t'a accusé de faire partie, n'existe
que dans mon imagination. Je voulais attirer des
membres et pour cela il était utile de dire qu'il y
avait déjà beaucoup de célébrités et de noms
connus parmi les affiliés.

Au sujet de ce même Bakounine, Tourguéneff
me raconta l'anecdote suivante.

Bakounine était un homme sans ordre, toujours besoigneux d'argent. Il empruntait sans
cesse à ses amis de petites sommes qu'il ne leur
rendait jamais. Quand il avait de l'argent, il le
donnait au premier venu qui prenait la peine de le
lui demander.

Un jour, comme il marchait avec Tourguéneff
dans une rue de Paris, il éprouva le besoin d'entrer dans un certain chalet.

Tourguéneff l'attendit à la porte. Tout d'un coup
la caissière du petit local l'aborda.

— Pardon, n'êtes-vous pas l'ami de ce monsieur?

— Parfaitement. Pourquoi?

— Voyez! monsieur. Ce monsieur me doit neuf francs.

— Comment! il vous a emprunté de l'argent?

— Non, monsieur, il a consommé.

IX

Une fois, quelqu'un indiqua devant moi, à Tourguéneff, une inexactitude qui s'était glissée dans sa nouvelle *Les Juifs*, où il montre un Juif arrachant un pourceau des mains d'un soldat.

— Les Juifs ne mangent pas de porc, disait l'interlocuteur, et regardent comme un péché très grave le simple attouchement de cet animal impur. Encore moins peuvent-ils en engraisser un dans leur basse-cour.

Tourguéneff se mit à rire.

— Imaginez-vous que je ne le savais pas, répondit-il. Cette nouvelle fut écrite d'après un récit de mon oncle, ancien militaire. C'est un fait réel.

Puis, il ajouta en souriant malicieusement :

— Au lieu de pourceau, il faudra mettre un
autre animal à la prochaine édition.

Cette anecdote me rappela un fait que me
raconta M. Antokolski, notre célèbre sculpteur, qui
est Juif de naissance. Il demanda un jour à Tourguéneff pourquoi lui et les autres grands artistes
russes traitaient les Juifs avec tant de mépris dans
leurs œuvres.

Tourguéneff se fâcha.

— Ce n'est pas vrai, dit-il, je n'ai jamais exprimé
de mépris pour les Juifs ou toute autre communion
religieuse. J'écris maintenant une œuvre où j'en-
vironne un Juif russe de la manière la plus sympathique.

— Pourquoi donc ne faites-vous pas connaître
dans la presse votre opinion sur cette question ?
En ces temps si difficiles pour eux — c'était en
pleine crise antisémitique — votre parole aurait
une importance immense, répartit Antokolski.

Je ne me souviens plus de l'incident qui empêcha
Tourguéneff de répondre de vive voix. Il lui écrivit
donc, et sa lettre est maintenant entre les mains
d'un financier, le baron de Gunsbourg.

Le sens de cette réponse était le suivant :

La question juive est un des plus graves problèmes du jour, en Russie : quand ces problèmes seront résolus, quand le peuple aura reçu des droits politiques, la question sera résolue d'elle-même.

Ces grands problèmes politiques occupaient toujours la tête de Tourguéneff. Il fut même un temps où il voulut, lui artiste, leur consacrer une brochure.

C'était en 1879, quand il revenait de Russie après les fameuses ovations. Je le vis le lendemain de son arrivée à Paris. Il était très exalté, très gai. Il semblait avoir rajeuni de vingt ans depuis son départ.

— Je m'attendais à ces ovations, me dit-il, aussi peu qu'à être empereur de Chine. Je comprends bien qu'on n'a pas fait cela pour moi, mais pour les idées que j'ai défendues pendant toute ma carrière littéraire. Il faut mettre ces idées sous les yeux du public pour qu'elles soient exactement et vigoureusement en relief. Dans quelques jours, je pars pour la campagne. Je m'y enfermerai sans voir absolument personne, et je rédigerai ma brochure.

Il était si exalté, qu'il mettait de côté sa réserve habituelle et je m'attendais déjà à voir un jour Tourguéneff l'artiste devenir politicien, peut-être même *réfugié*. Seulement, il ne lui était pas facile d'aller à la campagne quand il en avait l'intention, et ensuite intervinrent les conseils d'amis plus raisonnables, la peur peut-être de perdre sa fortune. Bref, la brochure ne fut pas écrite, et je ne sais s'il en exista quelque chose de plus que le plan, mais le plan a existé.

C'est à cette époque que se rapporte l'histoire de la nouvelle que je publiai dans le *Temps*, et qu'on a depuis reproduite dans un des derniers volumes traduits de Tourguéneff.

On me permettra de raconter cet incident, et même d'y insister un peu, la publication de cette nouvelle ayant fait grand bruit en Russie, et causé pas mal de tracas à Tourguéneff, qui s'en était fait le parrain en la recommandant à M. Hébrard dans une lettre très chaude.

Je l'ai raconté plus haut, cette nouvelle lui avait été remise par Polivanoff durant mon absence, et elle eut l'heur de lui plaire.

Quand je fis sa connaissance en arrivant à Paris, il me proposa de la publier dans une revue russe. Il partait pour Saint-Pétersbourg et emporta le manuscrit. Il est évident qu'il n'y avait dans *En Cellule* aucune intention subversive. On n'y explique même pas pourquoi le héros est détenu. Tout l'intérêt est circonscrit aux sensations éprouvées par le prisonnier dans son cachot, et au développement de sa maladie psychique. Il n'y a pas une ligne qui touche aux questions politiques.

Tourguéneff ne corrigea pas ces mémoires. Croire qu'il corrigeait les œuvres des autres, c'est prouver qu'on ne le connaît absolument pas.

Pendant les cinq années que je le visitai, j'ai vu chez lui les manuscrits d'au moins vingt-cinq écrivains. Il me parla de tous, très en détail, me les montra, et j'assistais quelquefois à ses conférences avec les auteurs. Sa manière d'agir était celle-ci. Si l'auteur donnait quelques espérances, il était très sévère pour lui, ne laissait passer aucune expression qui ne fût *propre* (il les soulignait, à la lecture, d'un trait au crayon). Si l'auteur employait un idiotisme local, — comme le fait est usuel pour les Russes du Sud, — il le lui reprochait, lui indiquant la forme équivalente en bon russe, ou bien il lui disait :

— Le caractère de cette femme est très réussi. Elle se tient sur ses pieds, mais vous lui faites parler un vrai charabia.

— Comment? Quel charabia? demandait l'auteur un peu piqué.

— Çà, çà, çà...

— Alors, à votre avis, comment faut-il s'exprimer?

Tourguéneff s'emballait.

— Comment? Et sais-je comment? Ce n'est pas çà, voilà tout. Trouvez l'expression propre, c'est votre affaire!

— Mais je ne puis la trouver. Dites-la-moi? Je ne comprends même pas ce qu'il y a de mauvais dans ce que j'ai mis.

— Eh bien! vous devez la trouver. Si vous ne pouvez y arriver maintenant, mettez votre manuscrit de côté. Dans un mois ou deux, vous comprendrez de quoi il s'agit. Si vous n'y arrivez pas, cela voudra dire que vous ne ferez jamais rien qui vaille. Ne pensez pas que je sais l'expression et que je ne veux pas vous la dire. Trouver, en la cherchant, une expression *propre* est impossible : elle doit couler de source. Quelquefois même, il faut créer l'expression ou le mot.

Et il citait des exemples.

Après cette conférence, l'auteur sortait toujours de chez Tourguéneff plus instruit dans l'art auquel il allait se consacrer.

— Et vous, que pensez-vous vous-même de votre

ouvrage ? demandait quelquefois très sérieusement
Tourguéneff à l'auteur.

— Franchement ?

— A coup sûr.

— Eh bien ! quand je l'écrivais, cela me plaisait,
et maintenant, la vue du manuscrit me fait mal.
Tout me paraît mauvais : le style, les caractères,
le ton.

De pareilles réponses charmaient toujours Tourguéneff.

— Je suis très satisfait de l'apprendre, mon
cher X. L'auteur qui est amoureux de lui-même,
qui n'éprouve pas ce que vous éprouvez maintenant, est un homme perdu. Du moment qu'il s'est
dit : j'écris bien, il ne fera plus rien de bon. Cette
observation, je la fais d'après mon expérience de
longues années. Qui n'est pas content dans son
passé tend à la perfection dans l'avenir ; qui en est
satisfait reste toujours en arrière.

Tourguéneff aimait à répéter souvent ces apho-
rismes.

La scène changeait quand il avait en face de lui
une nullité gonflée d'amour-propre, qui venait chez
le grand écrivain non pour apprendre, mais pour
recevoir des éloges immérités et des *recommanda-*

tions écrites. C'était le cas de bien des gens, et tout particulièrement de certain écrivailleur qui dans ses mémoires imaginaires n'a pas craint d'écrire qu'après la lettre de Tourguéneff à la *Molva* au sujet d'*En Cellule*, il s'était, lui, le célèbre inconnu, détourné de Tourguéneff.

Il est temps que j'en revienne à l'épisode d'*En Cellule* et que je rétablisse sur l'histoire de sa publication la vérité que bien des gens en Russie ont malheureusement défigurée à plaisir.

Quand cette nouvelle fut remise au journal le *Temps*, elle ne s'appelait nullement *Mémoires d'un Nihiliste*. Le titre était : *En Cellule*. En outre, une préface de l'auteur expliquait comment le manuscrit était venu dans ses mains. Il est donc clair que ni lui ni Tourguéneff ne lui donnaient un caractère révolutionnaire. Le titre fut changé par la rédaction, et l'auteur et Tourguéneff ne le surent que par les épreuves.

C'est alors que la rédaction du *Temps* pria Tourguéneff de faire une préface à cette œuvre, pour recommander au public le jeune auteur. Elle considérait cette recommandation comme une garantie que la nouvelle ne contenait rien qui pût choquer la censure russe et faire interdire au journal l'entrée de l'Empire.

Tourguéneff condescendit à cette demande. Il ne donnait à sa recommandation aucune importance politique. Il recommandait une œuvre littéraire, et non un pamphlet politique.

Quand le *Journal de Moscou* lança contre lui une violente attaque, il n'y fit d'abord aucune attention ; ensuite, quand il pensa que son silence pouvait bien accréditer les versions malveillantes et lui causer beaucoup d'ennuis, il écrivit sa lettre à *la Molva*.

Encore une fois, il ne s'agissait pas de convictions politiques. Cela est si vrai, qu'aucun des nihilistes que Tourguéneff voyait à Paris, même M. Lavroff, ne cessèrent leurs visites. Ils le visitaient et lui conservaient leur estime comme avant. Ce qui n'a pas empêché l'*ami intime* de Tourguéneff, à qui j'ai fait allusion plus haut, d'affirmer tout le contraire quoiqu'il n'ait connu Tourguéneff que longtemps après cette histoire, et précisément par mon intermédiaire.

D'amis comme celui-là, Tourguéneff n'en manquait pas. Il les recevait tous avec une naïveté d'enfant, les lisait et les louait.

— Pas mal, vraiment. On voit que vous avez une facilité extraordinaire pour le travail.

Et l'autre de répondre :

— Oh oui !

— C'est un don spécial. Moi, je travaille avec une lenteur désespérante.

L'imbécile était au septième ciel.

Il me souvient d'un prince du Caucase — il devait posséder au moins une chèvre dans sa patrie — qui arriva un manuscrit dans la main droite et un tableau dans la gauche.

Le manuscrit était un drame en cinq actes et en vers, avec prologue et épilogue.

Le tableau représentait une jeune fille qui semblait être descendue à la cave sans qu'on sût pourquoi.

Je n'oublierai jamais avec quel intérêt Tourguéneff regardait ce peintre, le premier des peintres nihilistes qu'il a connus, pendant qu'il déficelait son tableau.

Je suis sûr qu'il rêvait déjà de révéler au monde un nouveau talent ; mais à peine eut-il jeté un coup d'œil qu'il recula, comme si une guêpe l'avait piqué. Sa physionomie prit l'expression d'une terreur comique.

— De grâce! Elle a un pied plus long que l'autre de cinquante centimètres!

— Oh non! monsieur, répondit le peintre avec un petit sourire de condescendance. Cela vous semble ainsi; on voit que vous n'avez pas étudié les lois de la perspective.

— C'est vrai. Pas mal, pas mal. Il me semble seulement que les murs sont des glaces, et qu'une d'elles est brisée.

— Oh non! ce n'est qu'une crevasse dans le mur.

— Oui, oui. Qu'en pensez-vous faire?

— Je veux le publier dans un journal illustré.

— Ce sera bien difficile. Les Français ne publient des œuvres étrangères que ce qui est le plus saillant.

— Ne pouvez-vous pas me donner une recommandation?

— Malheureusement, je ne connais personne dans le monde des journaux illustrés.

Puis, comme s'il regrettait de ne pouvoir rien faire pour lui, Tourguéneff lui parlait de son drame.

— Laissez-le-moi. Peut-être réussirons-nous à en tirer quelque chose.

Il va sans dire que le drame était de l'acabit du tableau.

En ces occasions-là, pour consoler l'auteur, Tourguéneff mettait très délicatement sa bourse à sa disposition.

X

La générosité de Tourguéneff était sans limite. On le savait, et on en usait sans nulle discrétion.

Une jeune femme s'adressa une fois à moi, par l'intermédiaire d'une connaissance commune, en me faisant prier de la présenter à Tourguéneff.

Elle était séparée de son mari et, disait-elle, elle se trouvait dans une position intéressante. Elle n'avait pas de quoi manger et voulait retourner en Russie, où elle avait des parents riches.

Je dois l'avouer franchement, malgré toute la commisération que j'éprouvais pour ses malheurs, il m'était désagréable de me mêler de cette affaire. Bon gré, mal gré, il fallut transmettre à Tourguéneff le désir de Mme Z...

A peine eus-je commencé à lui raconter l'histoire de cette infortunée, que Tourguéneff m'interrompit et me proposa de la secourir par mon intermédiaire. Je ne pouvais accepter. Je refusai d'autant plus vivement que Mme Z... exprimait le désir de voir personnellement Tourguéneff.

— Je lui emprunterai 200 francs, disait-elle, mais je veux absolument le voir.

Rendez-vous fut pris, et Mme Z... sut apitoyer Tourguéneff sur son malheureux sort. Elle présenta sa position sous un aspect si triste, qu'il en résultait clairement qu'elle ne pouvait quitter Paris sans avoir 750 francs en poche.

Elle eut l'argent; mais à la première visite que je fis à Tourguéneff, il me dit qu'à son avis Mme Z... était une comédienne, que son malheur ne devait pas être si grand, qu'elle ne vivait pas séparée de son mari, et qu'il était sûr qu'elle ne partirait pas. Il devinait juste, sauf pour le dernier point : Mme Z... partit. Quand Tourguéneff le sut, il en fut enchanté.

Deux semaines après, je le trouvai un jour tout bouleversé.

— Imaginez-vous, me dit-il, que je suis la cause du malheur de Mme Z... Lisez donc ce qu'elle m'écrit.

La lettre était datée de Russie, et le contenu en était vraiment idiot : Mme Z... affirmait d'un ton assuré que Tourguéneff l'avait expédiée de Paris pour se débarrasser d'elle, qu'elle était sans ressource. Elle terminait en lui demandant une pension viagère.

On eût pu penser que cette femme était devenue folle ; mais ce cas-là n'était pas une exception.

Je me souviens encore d'une autre épisode caractéristique, qui me fut racontée par Tourguéneff lui-même.

Une fois, il tomba chez lui un gros garçon, correspondant d'un journal réactionnaire, qui, sans souffler mot, se mit à pleurer.

Il était dans une position terrible, disait-il, il n'avait pas de pain. Le patron de l'hôtel allait le chasser. Il était criblé de dettes et ne pouvait rien faire. Cependant, il avait été invité à collaborer aux plus grands journaux anglais, espagnols et même turcs. Si Tourguéneff consentait à lui donner seulement 500 francs, en deux ou trois semaines il serait riche et heureux.

Tourguéneff donna la somme demandée ; mais comme l'histoire du correspondant lui paraissait louche, il alla aux renseignements.

Il va sans dire que tout était imaginé d'un bout à l'autre.

Une semaine écoulée, le correspondant revient.

Ses affaires vont à merveille. Il n'a pas encore reçu d'argent : les journaux font si mal les choses. Il a donc encore besoin de 200 francs.

— Pourquoi mentez-vous ainsi? s'écria Tourguéneff au milieu de ses gérémiades. Si vous n'aviez pas de pain, vous auriez dû le dire. Je vous aurais secouru autant que j'eusse pu, et vous vous laissez entraîner à conter des histoires à dormir debout.

Le correspondant se mit à pleurer cette fois encore.

Oui, il n'avait fait que mentir. Il était malhonnête; mais il n'avait pas de quoi manger. A coup sûr, le généreux Maître ne le laisserait pas se suicider.

— Je ne puis vous donner cette somme, mais voilà 20 francs.

Le correspondant les prit.

Quand il descendit l'escalier, Tourguéneff l'indiqua à son domestique et lui donna l'ordre de ne plus le recevoir.

Deux jours s'écoulèrent.

8

Notre homme revint.

Révolté de ce manque de pudeur, Tourguéneff lui envoya vingt sous. Il les prit, mais ne revint plus.

Parmi les solliciteurs qui venaient tous les jours chez Tourguéneff, il y avait parfois des types très naïfs.

Une fois, je rencontrai dans sa chambre à coucher, qui servait d'antichambre, un jeune homme, aux cheveux collants, tiré à quatre épingles, et qui était assis modestement sur le bord d'une chaise, un manuscrit de mauvais papier gris à la main,

Je passai dans l'autre pièce, où il y avait déjà quelques jeunes écrivains. Tourguéneff, dans un fauteuil, près de sa table de travail, racontait avec un comique inimitable comment M. Boborykine faisait un cours de déclamation. Il racontait toujours d'une manière tranquille et jouait très rarement l'expression de physionomie de la personne dont il parlait et ses gestes. Mais ce jour-là Boborykine était devant nous vivant, quoique jusqu'alors aucun de nous ne l'eût jamais vu. Un an après, je rencontrai M. Boborykine dans une famille russe, et avant qu'on nous eût présenté l'un à l'autre, je le reconnus par la seule description de Tourguéneff.

Ce récit durait depuis longtemps quand quelqu'un se souvint du visiteur qui attendait dans la chambre à côté.

— Ah! le bon Dieu le bénisse! Le voilà encore! dit Tourguéneff d'un air mécontent.

Puis, en se levant, il ouvrit la porte. Le visiteur entra, salua humblement à droite et à gauche, et remit à Tourguéneff son cahier.

— Cette fois-ci, c'est un autre genre, accommodé à la couleur du journal.

— Très bien, l'interrompit Tourguéneff, en le saluant à son tour.

Le jeune homme sortit.

Tourguéneff haussa les épaules.

— Il est bon à tout faire.

— Qui est-ce? demanda un des assistants.

— C'est un correspondant du..... (un journal conservateur), et maintenant il m'apporte ceci comme échantillon de ce qu'il peut écrire dans toutes les couleurs..... Il me demande une recommandation pour le *Courrier russe*.

— Et vous la lui avez promise?

— Que pouvais-je faire?

Un rire général retentit dans le salon.

— De quoi riez-vous? demanda Tourguéneff.

— Mais c'est un tel qui est le correspondant du *Courrier russe*, répondit quelqu'un en désignant un des assistants.

— Ah! mon Dieu! je l'oubliais. — Et Tourguéneff se tournait vers lui d'un air confus. — Vous savez bien qu'on ne tient pas compte de mes recommandations dans les journaux. On dit que je suis trop complaisant.

Parmi ces visiteurs, il y en avait qui s'adressaient à Tourguéneff comme à un démocrate pour solliciter ses secours.

D'autres venaient pour le même motif, avec des médailles et des rubans.

Il les secourait tous, après avoir dit de prime abord que, pour lui, titre et noblesse ne signifiaient rien, qu'il venait à l'aide de l'homme et non du gentilhomme.

Outre les solliciteurs, Tourguéneff avait toujours beaucoup de gens dont il s'occupait, à qui il cherchait du travail et rendait toutes sortes de services. En voici encore un exemple.

Il vint à Paris, pour raison de santé, une jeune fille qui écrivait. Tourguéneff courut les hôtels

pour lui chercher un logement, lui créa des relations, lui présenta des jeunes gens pour qu'elle ne
s'ennuyât pas, la mena chez des docteurs qui,
disait-il, ne lui prenaient rien.

Ils lui prenaient plus cher qu'aux autres.

Bref, il la consolait, la grondait quand elle avait
des caprices et ne voulait pas prendre ses remèdes.
Deux ou trois fois par jour il allait savoir de ses
nouvelles, et tout ça, d'abord parce qu'elle avait
du talent, et puis parce qu'elle savait se sacrifier.

Dans son village, un vrai trou, elle avait eu pitié
d'une pauvre fillette malade que ses parents ne
voulaient pas soigner; elle l'emmena avec elle, à
ses frais, à Moscou, la soigna, la cajola comme si
elle était sa mère. Elle la guérit, mais elle tomba
malade elle-même.

Et voilà Tourguéneff qui s'agenouille devant le
sacrifice : pendant deux semaines de suite, il ne fit
que parler de cette jeune fille, et en parlant d'elle
il baissait même la voix.

Combien de ruses innocentes ne fallait-il pas
pour venir en aide à de pareils gens ! Non seulement ils n'eussent pas accepté d'argent, mais ils
se fussent offensés qu'on leur en offrit. Et voilà

8.

toute une complication : une traduction comman-
dée, un manuscrit accepté qui n'était même pas
envoyé au journal. Il arrivait qu'un auteur, qui
avait reçu d'avance de l'argent, commençait à s'in-
quiéter, ne voyant pas imprimer son œuvre. On
apprenait alors que le directeur était parti pour
on ne savait où, ou bien que le manuscrit s'était
égaré de la façon la plus étrange.

Une lettre de Tourguéneff à M. Iourieff relate un
subterfuge de ce genre :

« J'ai une prière à vous faire. C'est par là que je
commence. Vous recevrez un de ces jours une traduction en manuscrit, très bien faite d'ailleurs,
d'une nouvelle de Heysse *Getheilte Herz*. Vous
n'avez point besoin de la caser dans la *Rous-
kaïa-Myssl*, si elle ne vous plaît pas ; mais veuillez
m'écrire que vous l'avez lue, que vous la publierez
dans quelque temps et que vous êtes même prêt à
expédier l'argent d'avance.....

« J'ai inventé tout cela pour un Russe qui de-
meure ici et qui est à présent à l'hôpital. C'est
plus qu'un incurable, c'est un moribond. Il ne
vivra même pas six semaines. Il va de soi qu'il n'a
pas le sou. Cependant il est fier et ne consent à
accepter aucun secours. C'est pourquoi j'ai ima-

giné cette pieuse comédie : je lui donnerai de l'argent, comme si c'était le prix de la traduction ; mais ne vous trahissez pas et consentez à jouer un rôle dans ma triste petite comédie. Écrivez que vous payez 200 francs. Entièrement confiant dans votre bon cœur, j'ai inventé ce moyen *in extremis*. Vous aurez peut-être l'occasion d'insérer la nouvelle ; mais il ne s'agit point, comme vous le voyez, de la nouvelle, il s'agit de trouver un moyen de remettre de l'argent au moribond. »

Voilà une lettre curieuse qui me fut apportée par la femme d'un certain V..., maintenant aliéné incurable.

Pendant qu'il entretenait cette correspondance avec Tourguéneff, personne ne soupçonnait en lui le germe d'une maladie mentale. Tourguéneff se plaignit bien souvent à moi de ce jeune homme, qui s'adressait à lui en termes insolents et lui demandait des secours d'argent. Tantôt il organisait un atelier et lui demandait de lui prêter la somme nécessaire. Tantôt il devenait étudiant en médecine à Paris, et lui demandait de payer son équivalence et ses inscriptions.

Tourguéneff condescendait aux demandes du pauvre V... ; mais au lieu d'être reconnaissant, celui-ci éprouvait chaque jour davantage une haine étrange et incompréhensible pour Tourguéneff.

Sa dernière lettre contenait une menace *de le tirer par sa barbe blanche.*

Bientôt après il échoua à l'asile Sainte-Anne, d'où il ne sortit que pour entrer en qualité d'incurable à Charenton.

50, rue de Douai, Paris.
Samedi 8 juin.

« MONSIEUR,

« Il est écrit que nos relations doivent être étranges. Je vous ai adressé hier une lettre avec la carte de visite demandée; mais je me suis trompé d'enveloppe, et je l'ai envoyée à mon ami M. Maxime Ducamp, et la lettre à Ducamp, je vous l'ai envoyée. Mais comment pouvez-vous prendre le nom de M. Ducamp pour le vôtre, et la demande de m'envoyer une recette d'onguents contre les rhumatismes pour le désir que vous me retourniez mes lettres? Cela est au-dessus de mon intelligence. Pourquoi vous aurais-je écrit en français et vous aurais-je appelé M. Ducamp? Et comment pourrez-vous suivre les cours de médecine, si vous êtes si faible en langue française ?

« J'ai envoyé aujourd'hui même chez Ducamp, et j'ai appris qu'il est parti un de ces derniers jours pour Baden, et que la lettre reçue chez lui (celle qui était pour vous) lui a été expédiée là-bas. Je dois donc vous répéter ici, autant qu'il m'en souvient, ce que je vous écrivais.

« Je vous disais que j'avais reçu votre lettre; que je ne suis pas offensé des expressions dont elle est pleine, puisque j'y voyais un désir d'expliquer votre manière d'agir; que je ne me sens aucun tort envers vous, et que je n'ai eu aucune intention de vous offenser. Mon domestique devait vous demander un reçu, pour que je sache qu'il n'avait pas empoché l'argent. Si vous m'aviez mieux connu, vous n'auriez pas songé à me reprocher de vous faire faire une platitude, et d'ailleurs je suis tout à fait indifférent à votre opinion sur moi. J'ajoutais que j'ai aussi un certain genre de fierté qui vaut bien la vôtre; qu'à votre place, je ne me serais point décidé à demander quoi que ce fût à un homme que je crois capable (pour employer votre style élégant) d'une *cochonnerie*.

« J'ai tâché de faire pour vous tout ce que je pouvais ; ce n'est pas ma faute si je n'y suis pas parvenu. Après avoir fait mon devoir, j'ai même oublié si vous existez, et si vous m'insultez ou non.

« Cela dit, je vous envoyais la carte de visite demandée, et je vous l'envoie encore avec mes lettres, que vous pourrez jeter au panier comme j'y ai jeté les vôtres.

« I. TOURGUÉNEFF. »

« *P.-S.* — Ducamp me rendra probablement la lettre : il ne se prendra pas pour V..., et je vous la ferai parvenir alors, à titre de document et pour vous convaincre de la véracité de mon récit. »

Voici une autre lettre de Tourguéneff à un jeune Russe auquel il portait beaucoup d'intérêt. Cet adolescent se trouvait à l'étranger à l'âge de dix-huit ans, sans papiers et, cela va sans dire, sans aucun moyen d'existence. Dans ces conditions, il eut envie d'entrer à l'École d'agriculture de Montpellier. La direction de l'école, convaincue de ses bonnes intentions, l'admit comme étudiant après examen ; mais, ici, on rencontrait une difficulté très grave.

L'étudiant en question n'avait pas d'acte de naissance.

Pour ne pas perdre de temps, le directeur de l'école proposa ceci à Z... : « Présentez-nous un certificat de Tourguéneff déclarant que vous êtes né à tel endroit, à telle date, et garantissant en même temps (je cite les termes de la lettre) votre moralité. »

Tourguéneff accéda à la demande du jeune homme et lui donna ainsi la possibilité de terminer ses études.

Avant sa sortie de l'école, Z... pria derechef Tourguéneff de lui trouver le moyen de rentrer dans sa patrie.

Voici la réponse de Tourguéneff :

Dimanche 28 février 1881.

« Mon cher Z...,

« Il m'a été très agréable de voir votre écriture et de savoir par vous-même comment vont vos affaires. etc. Quoique j'aie eu de vos nouvelles par votre cousin, que je vois très souvent, il est toujours mieux d'en avoir de directes. Je suis bien aise de savoir que vous avancez dans la voie que vous

avez choisie, que vous n'êtes pas dans la misère.
Quant à votre demande, pardon, elle n'est pas exé-
cutable. Je pourrai vous procurer un passe-port,
mais avec cette condition que, pour quelque temps
du moins, au début, vous resterez en Russie. Ce sera
fait en automne, quand vous voudrez y retourner ;
mais demander à Loris Mélikoff un passeport, pour
que vous vous en alliez de nouveau, c'est impossible, et cela ne peut que vous nuire. Ainsi, termi-
nez tranquillement vos études à Montpellier, et puis,
après avoir emmagasiné de la science, retournez
dans votre patrie, où vous la mettrez en œuvre
utilement pour vous et pour les autres. Vous avez
souffert plus qu'il ne vous reste de temps à souffrir.

« Je reste ici jusqu'à fin avril, puis je vais en
Russie jusqu'à l'automne.

« Je vous serre amicalement la main et vous prie
de me croire votre bien dévoué.

« I. Tourguéneff. »

Cependant, en automne, les affaires avaient
changé de face. Z... ne parvint pas à rentrer dans
sa patrie. Il vint à Paris pour se perfectionner dans
sa spécialité, mais là il n'avait pas de pain. C'est
dire qu'il ne pouvait poursuivre ses études.

Le directeur de l'Institut agronomique, M. Risler, s'intéressa très chaudement à Z... quand il se
convainquit que c'était un étudiant travailleur. Il
lui donna, de sa poche, une bourse de 100 francs
par mois; mais comme cette somme était insuffisante, il fit une démarche personnelle auprès de
Tourguéneff pour soutenir Z... jusqu'à la fin de
ses études.

Après cette visite, Tourguéneff eut l'idée de s'a-
dresser au célèbre entrepreneur de chemins de fer
M. Poliakoff, un juif parvenu, sans instruction, qui
était alors à Paris.

Voici la lettre qu'il lui adressa :

« TRÈS ESTIMÉ SAMUEL SALOMONOVITCH,

« Le porteur de la présente est un jeune Israélite
nommé Z..., sur lequel je me permets d'appeler
votre attention bienveillante. Voulant se consacrer
à l'étude scientifique de l'agronomie, il a passé
près de trois ans dans la célèbre École d'agriculture de Montpellier, d'où il est sorti avec de bril-
lants certificats et les meilleures recommandations.
Maintenant, il termine son instruction à l'Institut
agronomique de Paris, et, par son application, ses

9

succès et sa conduite, il a inspiré un tel intérêt à l'estimable directeur de cet Institut, M. Risler, que cet honorable savant m'a fait visite en personne pour me parler de Z... Sachant sa gêne pécuniaire, il m'a déclaré qu'il était prêt à lui faire une pension de 50 francs par mois, trait rare qui parle beaucoup en faveur de Z..., surtout quand on se souvient qu'aux yeux d'un Français il n'est qu'un étranger. Mais il est clair que cette somme lui est insuffisante pour vivre. Je me suis souvenu de vous, estimé Samuel Salomonovitch. Toute la Russie connaît votre généreux zèle pour propager l'instruction et la science, ainsi que vos sacrifices vraiment sans exemple ! Peut-être vous trouverez possible de venir en aide aussi à notre jeune compatriote. Je garantis qu'il le mérite pleinement et qu'il vous payera au centuple par les services qu'il est appelé à rendre, à l'heure propice, à sa patrie, soit en y apportant des procédés scientifiques et des perfectionnements, soit dans la chaire professorale. Il sera très heureux si vous daignez lui accorder un entretien de quelques minutes.

Je m'excuse d'avance du dérangement que je vous cause ; mais je m'y suis décidé seulement parce que je suis sûr de votre bon cœur. Je vous prie d'agréer l'expression de mon dévouement et de mon estime, et reste votre très humble serviteur.

I. TOURGUÉNEFF.

Tourguéneff était un grand artiste pour composer, — pour d'autres, — des lettres de sollicitation et de recommandation, dont il riait, tout le premier, non sans un mélange d'orgueil d'auteur.

— Oh! c'est par trop d'humilité, lui ai-je dit un jour après avoir lu, sur son invitation, une lettre à un personnage haut placé à propos d'un autre jeune homme.

— Non, c'est impossible autrement, répondit Tourguéneff en riant; avec des paroles humaines toutes seules, on ne peut pas entamer la peau d'un cochon pareil.

Il faut croire que M. Poliakoff ne fut pas entamé par la lettre de Tourguéneff. Sur la copie de cette lettre, de la main de Z..., ceci est ajouté : « Après avoir lu cette lettre, le généreux M. Poliakoff, après un long entretien avec le porteur, lui a remis une enveloppe fermée. Il y a trouvé cinq louis, qu'à l'instant même il a renvoyés par un domestique à M. Poliakoff. Tourguéneff l'a beaucoup loué d'avoir agi ainsi. »

Parmi les lettres de Tourguéneff qui sont entre
mes mains, il y a aussi des certificats donnés par
lui à différentes personnes; il y en avait qu'il ne
voyait qu'une fois; d'autres, il ne les avait jamais
vus. Mais il attestait sans hésitation tout ce qu'on
voulait qu'il attestât. Pouvait-il faire moins, disait-
il, pour des gens qui mouraient de faim?

XI

Tourguéneff ne pouvait venir en aide à tous les
nécessiteux qui s'adressaient à lui. Sa fortune n'y
eût pas suffi; mais comme il fallait les secourir
quand même, il organisa à cet effet des matinées
de bienfaisance. Personne ne l'y aidait : ses compatriotes lui mettaient à chaque pas des bâtons
dans les roues.

— Les nécessiteux russes à Paris, disaient ces
messieurs, ne sont qu'un prétexte. Au fond, ce
qu'on voulait faire, c'était prêter appui aux nihilistes.

C'est pour cette raison qu'aux Champs-Élysées,
la colonie russe intriguait contre les fantaisies de
Tourguéneff, murmurait au club des artistes

russes dont Tourguéneff était un des fonda-
teurs.

Il ne se déconcertait pas : il composait lui-même
le programme, invitait les exécutants, colportait
en personne les billets pour les places. Il fallait
pour cela tout un mois de travail très énergique.
Tourguéneff s'y employait avec un zèle extraordinaire.

Je me souviens d'une matinée en 1879. C'était
dans le salon de Mme Viardot. Depuis onze heures,
Tourguéneff était dans le corridor occupé à recevoir les invités et à leur distribuer les places. Sa
grande et belle figure s'élevait au-dessus de la
foule de quelques cents personnes. Je ne l'ai jamais
vu si gai et si éveillé que ce jour-là. En le regardant, on pouvait penser qu'il vivrait encore un
quart de siècle.

Parmi les attractions annoncées étaient Tourguéneff lui-même et la famille Viardot : la mère,
la fille et le fils Paul, le violoniste. Une jeune
cantatrice russe devait chanter; mais elle ne vint
pas.

Mme Viardot chanta tout d'abord une romance
russe. Sa voix, pas très forte et un peu dure, ne
lui procura qu'un succès d'estime.

Tourguéneff, jadis témoin des triomphes de la
grande artiste, semblait être encore sous le charme
de ses souvenirs. Il éprouvait un enthousiasme des
plus sincères. Ses yeux brillaient : les mèches de
ses cheveux blancs lui tombaient sur le front. Il
applaudissait plus fort et plus longuement que
tous les autres. Il se tournait vers le public et répétait sans cesse :

— Oh ! quelle vieille ! Oh ! quelle vieille !

Il lut deux choses : un récit des *Mémoires d'un
Chasseur* et les *Tziganes*, de Pouchkine. Son
œuvre, il la lut calmement, avec une maîtrise telle
que le public, oubliant le lecteur, était entièrement
absorbé par les tableaux qui s'esquissaient devant
ses yeux, durant sa lecture. Mais, quand le tour
des *Tziganes* arriva, la voix du lecteur vibra tout à
coup. Sa taille se courba, sa figure pâlit. Ému et
comme entraîné par le sujet, il parut avoir oublié
son public et tout le monde. Il s'abandonna, sans
réserve, à l'illusion merveilleuse. La scène du final,
il la lut avec une voix éteinte.

Quand il eut fini et qu'il descendit de l'estrade,
sa main tremblait. Il me sembla qu'il pleurait, lui
qui ne pleurait jamais.

L'impression produite fut colossale. Le public

demeura quelques instants comme terrassé par
l'œuvre du génie, comme si elle venait de lui être
révélée pour la première fois. Puis, des applaudis-
sements frénétiques retentirent : on demanda à
l'entendre relire.

Tourguéneff monta plusieurs fois sur l'estrade :
mais il lut chaque fois de nouveaux morceaux de
Pouchkine.

Beaucoup des assitants revenus chez eux éprou-
vèrent le besoin de relire l'œuvre de notre grand
poète. Grâce à la lecture de Tourguéneff, beaucoup
d'entre eux apprirent à aimer Pouchkine. Ils
l'avaient compris, parce que Tourguéneff avait su
en faire voir les beautés, sans mettre le poète sous
l'égide du parti politique, qui a accaparé son génie.

Tourguéneff aimait Pouchkine d'un amour tendre
et profond. Il était très heureux de voir la jeunesse
qui l'entourait partager son enthousiasme.

Dès le premier jour de mes relations avec
Tourguéneff, il me conseilla constamment de lire
et de relire Pouchkine. Je reconnais que Tourguéneff avait raison ; mais, je l'avoue franchement,
Pouchkine n'avait pas conquis mon cœur. Quand
j'étais encore au collège, que j'étais forcé d'ânon-
ner des fragments sans commencement ni fin du

grand poète, que j'étais forcé de faire des parallèles ineptes entre Pouchkine et Lomonosoff, d'analyser en prose leurs vers et d'en chercher les beautés, Pouchkine nous devint si odieux, que nous ne voulions plus entendre son nom. C'est ainsi qu'avant de faire la connaissance de Tourguéneff, je connaisais fort peu Pouchkine.

Un jour à Paris, je lus, par hasard, les *Nouvelles de Belkine*. Elles produisirent sur moi une impression profonde, grâce surtout à leur style succulent où est concentrée toute la force de Gogol, de Tourguéneff et de Tolstoï.

A l'entrevue suivante j'entretins Tourguéneff de ma découverte. Il fut ravi d'entendre un jeune homme parler en ces termes de son poète favori.

— Eh bien ! je suis enchanté, vraiment enchanté. Voyons ! Comment peut-on se passer de Pouchkine, quand on est homme de lettre ? C'est notre grand maître et notre père à tous. Je le lis toujours. Je l'ai lu encore hier avec Madame Viardot.

A ce propos, il me cita l'opinion de Mérimée, qui lut Pouchkine sur son conseil, et donna l'appréciation suivante :

— Je ne puis comparer Pouchkine qu'avec les poètes de l'antiquité classique. Il a la même plasti-

9.

cité, la même force, la même simplicité que chez
Homère, Virgile et Ovide.

— Et c'était parfaitement vrai, ajouta Tourguéneff
avec un air de triomphe naïf.

Non content de vanter ainsi Pouchkine à ses
amis russes, Tourguéneff avait voulu le faire apré-
cier à ses amis français, et M. Émile Zola m'a
conté qu'il l'avait vu chez Flaubert, occupé plusieurs soirées durant à traduire quelques poésies
du Maître. Il avait déjà traduit *Eugène Oniéguine*
avec Viardot dans la *Revue nationale*. Flaubert
retoucha ces traductions, leur donna le dernier fini
et elles furent publiées dans la *République des
Lettres*, curieuse revue, dont la collection est très
rare aujourd'hui et où nous en glanons le texte :

I

AU POÈTE

(Sonnet)

Poète, ne fais pas cas de l'amour populaire ! Le
bruit momentané des louanges enthousiastes pas-

sera ; tu entendras le jugement du sot et le rire de
la froide multitude : mais toi, reste ferme, tranquille, farouche.

Tu es un roi : vis seul. Par un libre chemin, va
où t'entraîne ton libre esprit, perfectionnant sans
cesse les fruits de tes pensées favorites, ne demandant pas de récompense pour ton noble exploit.

Elles sont en toi-même : tu es toi-même ton
plus haut tribunal ; plus sévèrement que tout autre
tu peux apprécier ton travail. En es-tu content, toi,
artiste exigeant ?

Tu es content ? Alors laisse la foule le vilipender,
laisse-la cracher sur l'autel où ton feu brûle, et
avec une pétulance enfantine secouer ton trépied.

II

LE PROPHÈTE

Tourmenté par la soif des choses spirituelles,
je me traînais dans un désert sombre, quand un

séraphin à six ailes m'apparut à l'entre-croisement
d'un sentier. De ses doigts, légers comme un rêve,
il me toucha les prunelles : et, sagaces, mes prunelles s'ouvrirent toutes grandes comme celles d'un
aigle épouvanté. Il toucha mes oreilles : et elles
furent remplies de tintements et de sonorités et
j'entendis la palpitation du firmament et le haut
vol des anges, et la marche des polypes dans les
bas-fonds de la mer, et le développement des val-
lées. Et il se colla à mes lèvres, et arracha ma
langue pécheresse, pleine d'artifice et de mensonges ; et de ses mains ensanglantées il darda
entre mes lèvres l'aiguillon du sage serpent. Et il
me fendit la poitrine avec son glaive et en ôta mon
cœur pantelant et dans ma poitrine ouverte il en-
fonça un charbon tout en flammes. Comme un
cadavre, j'étais couché dans le désert ; et la voix
de Dieu retentit jusqu'à moi :

— Lève-toi, prophète, regarde et écoute ; que
ma volonté te remplisse et parcourant les terres et
les océans, brûle de ta parole les cœurs des
hommes !

III

L'ANTCHAR

(L'arbre de la mort)

Au milieu d'un désert avare et maigre, sur un
sol calciné par l'ardente chaleur, Antchar, comme
une sentinelle terrible, se dresse, unique dans tout
l'univers.

La nature, mère de ces steppes éternellement alté-
rées, le procréant, en un jour de colère, l'a impré-
gné d'un venin fatal dans la verdure morte de ses
branches et jusqu'à ses racines.

Fondu par l'ardeur du midi, le venin suinte à
travers l'écorce, et, le soir, y reste figé en hideuses
larmes à demi transparentes.

Aucun oiseau ne vole alentour; aucun animal
ne s'en approche ; seul le noir tourbillon l'aborde
et s'en va pestiféré.

Si une nuée errante vient arroser son feuillage
éternellement endormi, la pluie, aussitôt empoi-
sonnée, découle de ses rameaux dans le sable
brûlant.

Mais un homme, par un simple regard de com-
mandement, envoya vers l'arbre de la mort un
autre homme, et celui-ci, avec docilité, se mit en
route et le jour suivant revint apportant le poison.

Il apporta la gomme mortelle et une branche
aux feuilles flétries. La sueur coulait en filets gla-
cés sur son front pâlissant.

Il l'apporta, fléchit et se coucha sur les nattes de
la tente ; et le pauvre esclave mourut aux pieds du
seigneur invincible.

Et le prince fit tremper dans le poison l'extrémité
de ses flèches rapides et, avec elles, envoya la
mort à tous ses voisins paisibles.

IV

L'OPRITCHNIK (1)

Quelle nuit! Une gelée craquante : pas un nuage !
La voûte bleue du ciel, comme une couverture
brodée, est pailletée d'étoiles. Partout le silence
dans les maisons ; des verrous avec de lourds cade-
nas barrant les portes, le peuple repose. Les tu-
multes du trafic se sont calmés et les chiens de
garde, dans les cours, aboient en faisant sonner
leur chaîne retentissante.

Moscou, d'un bout à l'autre, dort avec tranquillité, oublieux des angoisses de la terreur ; et la
place publique est là, qui, dans le vague des ténèbres, regorge des supplices d'hier. Partout on voit
les restes des tourments : ici, un cadavre fendu en
deux d'un seul coup ; là, un poteau, là des four-
ches, là des chaudrons à moitié pleins de poix figée ;

(1) Titre des compagnons, des « mameloucks » d'Ivan le
Terrible.

ailleurs, un billot renversé, plus loin des crocs de fer se dressent. des tas de cendres fument encore, mêlées d'ossements; des hommes, que traversent des pals, noircissent tout rigides et ratatinés.

Qui est là? A qui ce cheval traversant d'un galop furieux la place terrible? Qui siffle, qui parle haut dans la nuit sombre? Quel est cet homme? Un vaillant opritchnik. Il se hâte, il se précipite à un rendez-vous d'amour. Le désir fait bouillonner ses veines; il dit : « Mon brave, mon fidèle cheval, vole comme une flèche, vite, plus vite encore! » Mais l'ardent animal, en faisant bondir sa crinière tressée, tout à coup s'arrête : devant lui, entre deux poteaux, sur une traverse de chêne, se balance un cadavre. Le cavalier veut passer dessous..... Mais le cheval se cabre sous le fouet, s'ébroue, renacle et se rejette en arrière. « Où vas-tu, mon vaillant cheval? que crains-tu? qu'as-tu donc? N'ai-je pas hier ici galopé avec toi, n'avons-nous pas foulé aux pieds, pleins tous les deux d'un zèle vengeur, les méchants traîtres au Czar? N'est-ce pas leur sang qui a lavé tes sabots de fer? Tu ne les reconnais donc plus à présent? Mon bon cheval. mon brave cheval, allons! pars! en

avant ! » — Et le cheval, frémissant, passe comme
un tourbillon sous les pieds du cadavre.

A propos de cette matinée littéraire dans le salon
de Mme Viardot, je me souviens d'un épisode
curieux que me raconta Tourguéneff, et dont le
principal personnage était Émile Zola.

Peu de temps après la publication de l'*Assommoir*, Tourguéneff organisa dans le salon de
Mme Viardot une matinée littéraire et musicale
dans un but de bienfaisance. Plusieurs des dames
qui participaient au spectacle ou qui lui donnaient
leur concours désiraient que M. Émile Zola prît
une part active à cette matinée. Elles prièrent donc
Tourguéneff de l'inviter à lire quelque chose de ses
œuvres. Tourguéneff condescendit à leur prière,
et M. Zola donna sans difficulté son consente-
ment.

Les dames, racontait Tourguéneff, s'attendaient
à voir un bohème aux cheveux hérissés et rudes,
disant des gros mots, des insolences à droite et à
gauche, peut-être quelque chose de pire. Elles
furent un peu déçues, quand elles virent que le
champion du naturalisme était un jeune homme

comme il faut, les cheveux coupés ras, en habit et en gants blancs. Néanmoins, elles conservaient l'espérance que Zola ferait des siennes, pendant la lecture, et attendaient cet instant avec impatience.

Il arriva enfin.

Zola monta sur l'estrade..... Mais ici il se produisit un scandale absolument inattendu. Zola pâlit, rougit et demeura quelques instants muet, sans parvenir à prononcer un mot. Il essaya bien de commencer la lecture, mais hélas! lui-même ne reconnaissait pas sa voix. Ses dents s'entrechoquaient. Le livre sautait dans sa main. Il n'y voyait plus. Il balbutia quelque chose en regardant le livre, mais on ne l'écoutait plus.

Les dames se couvraient la bouche de leurs mouchoirs et pouffaient de rire; les messieurs faisaient des efforts inouïs pour rester sérieux. Bref, le scandale était complet.

En descendant de l'estrade, Zola s'esquiva du salon et, de ce jour, il se promit de ne jamais lire en public.

Quelques années après, il disait à Tourguéneff :

— Maintenant encore, quand je me souviens, la nuit, de cette histoire, j'ai chaud et froid.

N'importe, entre le Zola de la réalité et le Zola de la légende, cette sorte de matamore et de casseur de vitres que dépeignaient les petits journaux d'alors, le public de la matinée dut trouver quelque différence !

L'argent produit par les matinées de bienfaisance était employé partie à secourir les nécessiteux russes à Paris, partie à l'entretien de la bibliothèque russe. Elle aussi fut fondée par Tourguéneff et entretenue grâce à ses soins. Les autres Russes ne s'en occupaient pas, et pourtant combien elle était utile !

Elle avait toujours beaucoup de lecteurs. Du matin au soir, on était sûr d'y trouver une dizaine de personnes. Mais, non seulement personne ne voulut contribuer à son entretien par une souscription de quelques francs par mois, mais, selon l'habitude russe, on lisait si bien les livres, les journaux et les revues, qu'on ne les rendait pas. On en vint à ce point qu'un beau jour toutes les nouvelles revues disparurent de la bibliothèque. Deux semaines après, seulement, on les vit s'étaler sur les quais chez un bouquiniste.

Grâce à ce désordre, la bibliothèque était tous les trois mois en passe d'être vendue aux enchères,

parce que le terme n'avait pas été payé. Alors, on
tenait des réunions extraordinaires de tous les lecteurs, qui, après de longs débats, prenaient toujours
cette décision :

— Vu le manque de fonds dans la caisse de la
bibliothèque, il est décidé de s'adresser à M. Tourguéneff.

Comme un banquier, il payait toujours la somme
nécessaire. Il ne le faisait pas par manque de
caractère, mais parce qu'il jugeait utile l'existence
de la bibliothèque, où, d'ailleurs, il ne mettait
jamais les pieds.

Il est curieux, d'ailleurs, que Tourguéneff, en
donnant tant d'argent pour l'achat de journaux et
de revues pour d'autres, ne fut personnellement
abonné qu'à un seul journal.

Une fois, la princesse Ouroussof lui demandait
devant moi s'il n'était pas abonné au *Golos*.

Il lui répondit d'un ton très sérieux :

— Non, cela coûte si cher.

A Paris, Tourguéneff faisait généralement des
efforts inouïs pour unir la colonie russe, lui créer
un centre où elle pourrait s'assembler, mais il n'a-
boutissait guère.

Tourguéneff avait bien organisé le club des

artistes russes, lui avait trouvé un local gratuit et
luxueux chez le baron de Gunsbourg. On le remplit
de meubles, de livres, de tableaux, de tout ce
qu'on pouvait. De la vie, on ne put lui en infuser.
Les membres venaient au cercle avec des airs
mornes de gens qui reviennent d'un enterrement.
Celui qui ne s'y taisait point médisait des autres,
cancanait, et en résultat, chacun était mécontent.
Si ce n'eût été Tourguéneff et deux ou trois autres
personnes, le club se fût dissous une semaine après
sa fondation.

Pour insuffler quelque peu de vie à cet enfant
mort-né, Tourguéneff eut l'idée d'organiser des
soirées littéraires musicales périodiques. Il y a toujours à Paris beaucoup d'artistes et d'écrivains
russes. Grâce à eux, les choses pouvaient marcher
à souhait. Tourguéneff déploya un grand zèle. Il
composa le programme, fit les démarches auprès
des artistes dont on réclamait le concours et promit d'être des leurs.

Il était décidé que dans le public il pourrait y
avoir des personnes qui n'étaient pas membres du
cercle. Tourguéneff en fit la proposition avec le
but d'y attirer les jeunes Russes du quartier latin.
La proposition fut approuvée à l'unanimité.

La soirée a lieu. Tourguéneff ne put y assister : il avait eu, la veille, une attaque de goutte et ne pouvait sortir.

Cet accident nuisit beaucoup à l'entrain du public ; mais, en général, tous étaient contents, et on parla pour l'avenir de soirées analogues qui auraient encore plus de succès et d'animation. Tous étaient d'accord pour glorifier Tourguéneff de sa brillante initiative. Je le répète, rien, absolument rien n'annonçait l'approche d'une tempête, et cependant elle éclata le lendemain et s'abattit sur la tête du malheureux Tourguéneff.

Un zélé *patriote de sa patrie*, comme dit un personnage de Chtchédrine, avait remarqué dans le public M. Lavroff *et des nihilistes en général*. Le patriote en question donna immédiatement sa démission, en menaçant en même temps de dénoncer, à qui de droit, ce cas extraordinaire.

Alors, bagarre générale au cercle.

Les mêmes personnages qui avaient loué Tourguéneff de son initiative, de peur d'être compromis, commençaient à parler des infamies de Tourguéneff, à dire que Tourguéneff avait rempli la salle de nihilistes, qu'il l'avait fait exprès, etc., etc. L'insolence de ces messieurs arrivait au point qu'ils venaient chez Tourguéneff étendu sur son lit de douleur et lui disaient à brûle-pourpoint des choses inconvenantes.

Malheureusement, Tourguéneff ne prit pas les choses avec sang-froid, avec le mépris qu'elles méritaient.

Il s'imagina qu'il avait vraiment joué un tour à quelqu'un.

Il en était excessivement désolé, et ne se tranquillisa que lorsqu'il reçut la visite du prince Orloff, qui était alors notre ambassadeur à Paris.

Le prince lui dit en souriant qu'il ne comprenait pas de quoi il s'agissait dans toute cette histoire, et pourquoi ses compatriotes avaient éprouvé cette panique.

— On va bien au théâtre sans demander à ses voisins s'ils ont leur passe-port. Pourquoi donc ne pourrait-on pas être assis dans une soirée littéraire à côté de M. Lavroff et d'autres nihilistes ?

Cet incident se produisit au mois de février 1881. Après cela, il n'y eut qu'une soirée littéraire ; mais, cette fois, des mesures rigoureuses furent prises pour que, dans la réunion des artistes, il ne se glissât aucune personne dont la présence pût effrayer.

XII

A Paris, les travaux littéraires de Tourguéneff marchaient très lentement. Je parle des travaux littéraires, car, en général, il écrivait beaucoup et s'occupait surtout de la rédaction de son journal intime.

Je ne l'ai jamais vu; mais, plusieurs fois, il m'en a parlé.

Ainsi, par exemple, une fois, il me parla d'un jeune écrivain, notre ami commun, qui se plaignait à lui de ses déboires. Tourguéneff lui répondit :

— Un écrivain ne doit pas se laisser écraser par la douleur : il doit tout utiliser. L'écrivain est un homme nerveux. Il sent plus que les autres.

Eh bien ! c'est pour cela même qu'il doit réfréner son caractère, il doit toujours et absolument s'observer lui-même et observer les autres. Vous est-il arrivé un malheur, asseyez-vous et écrivez : « Ceci et cela est arrivé ; j'éprouve ceci et cela. » La douleur passera et la page excellente reste. Cette page, quelquefois, peut devenir le nœud d'une grande œuvre qui sera artistique, puisqu'elle sera vraie, prise sur le vif.

— Il est facile de dire : « Asseyez-vous et écrivez », quand l'homme n'a peut-être qu'un seul désir : se brûler la cervelle, lui répondis-je.

— Eh bien ! qu'importe ! Écrivez aussi cela. Si tous les artistes malheureux se brûlaient la cervelle, il n'y en aurait plus un seul, car ils sont tous plus ou moins malheureux. Des artistes heureux, il ne peut pas y en avoir. Le bonheur, c'est le repos, et le repos ne crée rien. Quant à moi, je fais toujours mon journal, où j'écris tout ce qui m'intéresse. Dans ce journal, je suis chez moi. Je juge et je déjuge tous et toutes choses.

— Vous pensez l'imprimer un jour ?

— Jamais ! répondit-il brusquement. Je prescris à Mme Viardot de le brûler immédiatement après ma mort, et elle accomplira pieusement mon désir.

10

Peut-être le désir de Tourguéneff n'a-t-il pas été accompli. Il serait à désirer que Mᵐᵉ Viardot n'ait pas obéi à cet ordre de notre grand romancier, et que son journal intime soit publié à une heure donnée.

Tout ce que Tourgéneff produisit après 1879 fut écrit dans sa villa pittoresque au bord de la Seine, à Bougival. Elle s'appelle les Frênes, et tous les gamins de Bougival et des alentours la connaissaient.

Le jour que j'y suis venu pour la première fois, il m'arriva de descendre du chemin de fer deux stations plus loin que Bougival. Le nom de la villa m'avait échappé. Alors, je m'adressai à un gamin en lui demandant où demeurait M. Tourguéneff. D'abord, il ne me comprit pas; mais il eut une idée : Ah! c'est M. Tourdeneuf! s'écria-t-il, et immédiatement, il m'indiqua les moyens d'arriver à son château.

A Paris, Tourguéneff habitait un logement très modeste : deux chambres au troisième, dans l'hôtel Viardot; mais à la campagne, il vivait comme un homme riche.

Il y avait un chalet russe situé sur une colline, des fenêtres duquel on avait une vue superbe sur la Seine et ses bords. Les chambres étaient grandes et meublées avec un grand luxe. Un jardin ombreux, et dès longtemps planté, rappelait le vieux jardin du propriétaire de steppes.

Tourguéneff, habillé en peignoir russe avec des bottes fortes, y errait des journées entières en méditant sa *Chanson de l'amour triomphant*, le *Désespéré*, *Clara Militch* et les *Poëmes en prose*. Mais toutes ces œuvres lui prenaient fort peu de temps, et il en avait encore pour s'ennuyer.

— Voilà, me disait-il un jour à Bougival ; je voudrais écrire, mais ça ne vient pas. Aux *Vieux portraits*, j'ai mis deux semaines : il en est résulté une chose abominable que je ne voudrais même pas publier. Maintenant je les ai envoyés à Annenkoff. Je vois d'ici ce qu'il en dira. S'il ne conseille pas de publier, je les détruirai, quoique j'aie déjà donné parole de les envoyer à l'éditeur à une époque déterminée. Je crois, les yeux fermés, en la critique d'Annenkoff. Une fois, il m'a forcé à mettre au panier un roman entier. Je l'ai détruit et n'en ai conservé qu'une description de jardin qui est dans les *Terres vierges*. Grâce à lui aussi, j'ai pu corriger dans *Une nichée de gentilshommes* une grande bourde. Dans le manuscrit de ce roman, il n'était pas dit un seul mot sur l'éducation qu'a reçue l'héroïne Lisa : et, pour comprendre ce caractère, il est absolument nécessaire de savoir l'histoire de cette éducation. Annenkoff le remarqua, il insista pour que je me décidasse à intercaler un chapitre, et c'est seulement après l'avoir fait que je compris que sans lui le type de Lisa serait pâle et incompréhensible.

Tourguéneff revenait souvent sur les services que lui avait rendus son ami Annenkoff, et il s'efforçait d'en rendre à son tour à qui le consultait. Il aimait d'ailleurs à piloter les écrivains dans leur propre intelligence, à leur faire sentir leur fort et leur faible.

« Si l'étude de la physionomie humaine, de la vie d'autrui vous intéresse plus que l'expression de vos propres sentiments et de vos propres idées, écrivait-il à l'un d'eux, s'il vous est, par exemple, plus agréable de peindre justement et exactement l'extérieur non seulement de l'homme, mais encore d'une chose ordinaire, que de dire élégamment et chaudement ce que vous ressentez à l'aspect de cette chose ou de cet homme, ça veut dire que vous êtes écrivain objectif et que vous pouvez entreprendre un conte ou un roman. Quant au tra-

vail, chaque artiste demeurera infailliblement
dilettante sans un travail assidu. Inutile d'attendre
les prétendues heures bénies de l'inspiration; si
l'inspiration arrive, tant mieux; mais qu'on tra
vaille tout de même. Il faut non seulement travailler sa phrase, pour qu'elle exprime précisément ce
qu'on veut exprimer, dans la même mesure et
dans la même espèce qu'on désire : il faut encore
lire, toujours étudier, approfondir tout ce qui entoure, non seulement tâcher de saisir la vie dans
toutes les manifestations, mais encore la comprendre, comprendre les lois d'après lesquelles elle se
meut et qui ne se montrent pas toujours; il faut
chercher à obtenir, à travers le jeu du hasard, les
types et avec tout cela demeurer fidèle à la vérité,
ne pas se contenter d'une étude superficielle, éviter l'effet et la tromperie. L'écrivain objectif prend
sur lui une grande charge : il faut que ses muscles soient robustes..... C'est ainsi que je travaillais autrefois, et encore n'était-ce pas toujours;
maintenant, je suis devenu paresseux et vieux... »

Durant mes relations avec Tourguéneff, j'ai reçu
de lui quelques lettres. La plupart ont un caractère trop intime pour que je songe à les publier.
Elles sont d'ailleurs peu nombreuses, car toutes

10.

les fois qu'il désirait m'entretenir, il préférait m'envoyer de petits billets laconiques pour me prier de passer chez lui.

En réponse à une plainte de ma part, après un déboire littéraire, il m'écrivait entre autres choses ceci :

« Tous les débuts littéraires sont difficiles et, dans votre position, ils le sont plus encore : il faut, comme disait Biélinsky, serrer les dents. Et à l'œuvre ! »

En octobre 1879, j'écrivais à Tourguéneff pour lui soumettre la requête d'un ami commun, M. Meyer, qui, sur l'injonction des médecins, partait pour Carlsruhe; mais, comme il n'avait aucun moyen d'existence, il voulait se munir de recommandations de Tourguéneff, pour y trouver une place de correcteur russe.

« Meyer, me répondit Tourguéneff, me donne là un problème que je ne puis résoudre. Mes œuvres furent publiées à Carlsruhe chez un certain Hassner, ultra-conservateur et piétiste, qui me fit lui signer une attestation qu'il n'y avait rien là contre la religion et l'empereur. Or, il avait alors soixante-dix ans; c'est dire que depuis longtemps il doit être dans la tombe. Je ne sais même si son imprimerie existe encore. Comment donc puis-je recommander notre ami? Il ne reste qu'une chose à faire : écrire à Baden à mon ami Annenkoff qu'il aille à Carlsruhe pour savoir si l'imprimeur Hassner existe encore et s'il a besoin d'un correcteur qui sache le russe. Parlez en ce sens à Meyer. Quand j'aurai la réponse, je lui écrirai immédiatement à son adresse. »

Selon son habitude, Tourguéneff exécuta sa promesse, et Dieu sait combien il en donnait chaque jour.

Peu après il m'écrivait :

« J'ai su que l'héritier de l'imprimeur Hassner à Carlsruhe avait besoin d'un correcteur russe. Je le fais savoir immédiatement à Meyer à Genève, et je lui envoie une lettre de recommandation. »

A ce propos, je dois dire que jamais de la vie je n'ai vu un autre homme qui eût une mémoire aussi prodigieuse pour les personnes, les noms et les faits. D'après une ligne de Shakespeare, il pouvait, sans s'y arrêter beaucoup, dire de quelle pièce, de quel acte, et même de quelle scène elle était tirée. Il lui suffisait de voir une seule fois une personne, pour s'en souvenir toujours.

En 1879, je lui ai lu un fragment d'un ouvrage que je n'ai pas fini.

Trois ans après, Tourguéneff me stupéfiait par cette question :

— Pourquoi ne finissez-vous pas votre *Sériojka ?*

— Quel *Sériojka ?* demandai-je, ne sachant pas de quoi il voulait parler.

— Mais celui que vous m'avez lu il y a trois ans. Vous pouvez le terminer d'une manière bien simple. Après telle scène, vous pouvez dire ceci, cela.

Ainsi, il se souvenait de tous les auteurs, des plus petits jusqu'aux plus grands. Je suis convaincu que cette mémoire prodigieuse — à un âge où cette faculté s'affaiblit pour des impressions nouvelles — était un des éléments les plus essentiels de son talent.

Dans une des lettres que j'ai devant moi, Tourguéneff, en m'annonçant son départ pour Rouen, — il allait chez Flaubert, — m'invitait à venir causer le lundi. Puis venait ce post-scriptum :

« Quand donc, mon Dieu ! les Russes apprendront-ils à mettre leur adresse sur leurs lettres !!! J'ai perdu trois quarts d'heure à la chercher sur une de vos lettres anciennes. »

Je me rappelle qu'étant venu le lundi chez Tourguéneff, je fus stupéfait du changement qui s'était fait en lui.

Il avait vieilli de vingt ans : ses yeux étaient troublés, ses mains tremblaient, sa langue hésitait. La figure était pâle comme chez un mourant.

— Je deviens vieux, me dit-il avec une tristesse profonde. Je n'ai pas dormi d'une nuit pour discuter avec Flaubert et me voilà avec un épanchement au cerveau. Je me ruine. Je vais bientôt mourir.

Il se rétablit cependant de cette maladie ; mais, comme je l'ai dit plus haut, durant ses dernières années, il souffrait beaucoup, surtout de la goutte. Comme il restait seul pendant des journées entières, il se fit faire une table que l'on vissait sur son lit, arrangée de manière qu'il pût écrire couché. Je l'ai vu bien souvent travailler ainsi.

Les premiers accès de la maladie qui l'a emporté plus tard lui avaient fait grand peur.

— Pour cette fois, je le sens bien, c'est fini. Un peu plus tôt, un peu plus tard, mais je ne me lèverai plus..... Mon mal est incurable. J'ai déjà fait mon testament. J'ai vendu mes œuvres à Glasonnoff, qui m'en a donné une somme folle (200,000 francs). Je voudrais me tenir encore huit ou dix jours, pour recevoir ma fortune qui est chez le banquier Gunsbourg. Si je meurs avant, ma fille reste sans aucun moyen d'existence, puisque, d'après la loi, elle n'a aucun droit à ma succession, et je veux lui remettre le capital de la main à la main.

C'était au commencement du printemps de 1882, mais la maladie suivit un cours trompeur. Après des souffrances terribles, durant lesquelles le malade ne pouvait ni s'asseoir, ni rester debout, ni être couché, son état s'améliora. Il put travailler, lire, sans douleur, sauf lorsqu'il marchait. Cela lui donnait l'espérance qu'avec beaucoup de précautions, sa vie pourrait encore durer quelques années. Mais bientôt de nouveaux accès arrivaient suivis d'une nouvelle prostration d'esprit.

— Quand les souffrances me tourmentent trop, disait Tourguéneff quand il était malade, je suis le conseil de Shopenhauer. Je commence à analyser mes sentiments, et les douleurs s'en vont pour quelque temps. Voilà, par exemple : mes douleurs sont terribles, cependant je puis me rendre compte aisément de quoi elles sont composées. D'abord, c'est une douleur piquante, qui, en elle-même, n'est

pas bien insupportable. A cela s'ajoute une sensation de brûlure et puis une douleur qui tiraille; ensuite une difficulté de respirer. Séparément, chacune est tolérable, et quand je les envisage ainsi,
il m'est plus facile de les endurer. Il faudrait faire
toujours ainsi dans la vie, analyser ses souffrances
et on ne souffrirait pas autant.

Une autre fois, il me disait :

— Je ne regrette pas trop de mourir. J'ai eu tous
les plaisirs que j'ai pu avoir. J'ai beaucoup travaillé. J'ai eu des succès. J'ai aimé des gens, ils
m'ont aimé aussi. Je suis arrivé à la vieillesse, j'ai
été aussi heureux qu'on peut l'être. Beaucoup n'ont
pas eu tout cela. Il est mauvais de mourir avant le
terme, mais, pour moi, il est temps.

Il va sans dire que tout ceci n'était que le désir
d'un malade de se consoler. Tourguéneff comprenait bien qu'il pouvait encore produire et ne voulait pas mourir.

En voici une preuve.

Une fois, pendant cette maladie, Tourguéneff me
fit voir une lettre qu'il venait de recevoir de Moscou, et il ajouta :

— Lisez donc ça, voyez quels gens il y a dans le
monde.

Dans cette lettre, un écrivain de Moscou très connu écrivait ceci :

« Mon cher Ivan Serguéiévitch, j'ai lu dans un dictionnaire encyclopédique un paragraphe sur la maladie dont vous êtes atteint, et je me suis assuré qu'elle est mortelle. Il n'y a pas de remède. »

— Eh bien ! Mortelle ! Et qu'importe qu'elle soit mortelle ! ajouta Tourguéneff. Écrit-on ces choses-là ?

Cette lettre l'agita et le fâcha tellement, que pendant une semaine il ne faisait que la montrer à tous ceux qui le visitaient.

Il n'aimait pas les consolations et cependant, quand une fois, en réponse à ses idées tristes, je me permis de mentir et lui déclarai que le professeur Brouardel, en parlant dans ses cours de l'École de médecine de sa maladie, avait dit qu'elle était guérissable, il devint très gai et se mit à parler de ses travaux.

Pendant la maladie de Tourguéneff, M. Viardot, son ami, tomba aussi malade. En parlant de l'état dans lequel se trouvait le mourant, Tourguéneff me dit :

— Une mauvaise chose que la mort ! Il n'y au-

rait pas à se plaindre, si elle tuait d'un coup, puisque ce serait fini ; mais elle se glisse par derrière
comme un voleur, prend à l'homme toute son âme,
son intelligence, son amour du beau ; elle s'attaque à l'essence de l'être humain. L'enveloppe reste
seule.....

Il garda un instant le silence, puis il ajouta dans
un chuchottement étrangement passionné :

— Oui, la mort c'est le mensonge !

Plus qu'autre chose, il craignait de mourir de
cette mort factice et il semble que la mort lui ait
fait grâce.

Vers l'automne de 1882, Tourguéneff était remis
de telle manière qu'il pouvait se promener dans le
parc de Bougival et pouvait aller de sa maison à la
maison de la famille Viardot. Comme, sur son invitation, je l'y visitais, en été il m'écrivait en m'en-
gageant à venir :

« Je suis cependant dans une position où l'homme
n'a ni le désir, ni le droit de voir d'autres figures
humaines. »

Je le trouvai bien portant et gai.

En me parlant de sa santé, il me disait :

— Maintenant, je suis de nouveau presque un
être humain. Pendant cinq minutes je puis mar-

11

cher. Je me suis déjà familiarisé avec cette position.

Cependant, quand Tourguéneff revint à Paris,
son état empira beaucoup. Mais, chose curieuse et
très caractéristique, pendant toute sa maladie,
Tourguéneff ne cessa de s'occuper des affaires des
autres.

J'ai sous les yeux une lettre de lui, datée du
25 janvier 1883. L'adresse de cette lettre est écrite
d'une main étrangère. La lettre est au crayon,
d'une main tremblotante et faible.

« Venez me voir, mon cher P..., m'écrivait-il, *j'ai
quelque chose à vous dire*. Je suis toujours au lit
depuis l'opération qu'on m'a faite, et je resterai
près de cinq jours couché. »

Il n'attendait d'ailleurs pas les sollicitations pour
rendre service.

En janvier 1883, il reçut la visite d'une jeune
fille russe qui avait une recommandation pour lui.
En causant, elle lui raconta qu'elle voulait entrer
à l'école de médecine, mais qu'elle était arrivée
trop tard, les registres d'inscription étaient clos.
Tourguéneff prit sur lui de faire des démarches
pour qu'on la reçut quand même, et commença
une longue correspondance à ce sujet. Ne pouvant

pas faire de démarches en personne, il y envoya un de ses amis.

Bien mieux, comme il apprit que cette jeune fille était délicate de poitrine, il lui conseilla de porter des gilets de flanelle, et il s'en souvenait si bien, que deux semaines après, il lui demanda si elle avait suivi son conseil.

Au mois de mars 1883, je lui rendis un soir visite sur son invitation. Le matin, il se sentait encore relativement bien ; mais quand j'entrai, il se tordait dans de terribles souffrances, à demi couché sur le canapé.

La vue de cet énorme et puissant corps en lutte avec la mort m'émut profondément.

En prenant congé de lui, je lui serrai vigoureusement la main, il bondit de douleur, mais ayant remarqué combien j'étais peiné de ma maladresse, il se mit en devoir de me tranquilliser.

Ce fut là ma dernière entrevue avec Tourguéneff.

Bientôt après, je tombai malade moi-même, et je fus forcé de quitter Paris durant l'été.

XIII

Deux ans avant qu'il revint de son premier voyage à l'étranger pour y faire ses études (1840), on cancana sur Tourguéneff à Saint-Pétersbourg et à Moscou.

On savait qu'en partant d'Allemagne, il se trouvait sur le vapeur qui fut incendié sur les côtes du Mecklembourg, et qu'il chercha à se sauver sur un petit bateau qui transporta les passagers sur cette côte peu hospitalière.

On racontait alors, d'après des témoins oculaires, que la peur lui fit perdre la tête, qu'il pleura et dit à ses compagnons de malheur qu'il était l'unique héritier d'une riche veuve, — or, il avait un frère,

— et qu'on devait conserver un fils à cette malheureuse mère.

Les risées provoquées par cette anecdote furent réveillées en 1868, par un rédacteur du *Journal de Saint-Pétersbourg*, et Tourguéneff agacé s'empressa de couper court à ces cancans, comme il les appelait avec dépit.

« De passage à Saint-Pétersbourg, aujourd'hui, disait-il, j'ai lu votre feuilleton de dimanche (8 juillet), dans lequel mon nom est mentionné, et je vous prie de me permettre de dire deux mots à ce sujet. Je savais qu'autrefois le comte Dolgoroukoff avait trouvé bon de déterrer une vieille anecdote sur moi. Je me suis écrié à bord du *Nicolas I*er, incendié près de Trawemunde : « Sauvez-moi, je suis le fils unique de ma mère ! » Le bon mot devait consister en ce que je me disais fils unique, alors que j'ai un frère. Le voisinage de la mort pouvait déconcerter un jeune homme de dix-neuf ans, et je n'ai pas la prétention de persuader au lecteur que je l'envisageai alors avec indifférence. Seulement, je n'ai pas prononcé les mots indiqués, inventés le lendemain par un comte spirituel, — qui n'était pas Dolgoroukoff. Le comte Dolgoroukoff, désirant m'outrager, et n'ayant, il semble, rien à dire de moi, a résolu de répéter des cancans aussi vieux et aussi absurdes. Vous avez désigné avec justesse la véritable cause qui m'a forcé de décliner une rencontre avec le comte Dolgoroukoff. Je suis resté, et je reste dans de bons termes avec plusieurs autres refugiés, dont je ne partage pas les idées politiques, mais qui n'ont pas subi de procès semblables à ceux de Bruxelles et de Paris. Le comte Dolgoroukoff me menace de publier mes conversations anciennes avec lui ; je lui en donne pour ma part la permission pure et simple. Je ne retire aucune de mes paroles, mais j'avoue que je me repens d'avoir fait connaissance avec le comte Dolgoroukoff. »

A l'époque de ces premiers voyages à l'étranger, Tourguéneff était encore très jeune : il n'avait que vingt ans, et longtemps après l'historien Granovski le trouvait à Berlin, qui jouait avec son serf aux capucins de carte. Il est donc probable qu'il ne fut pas d'une bravoure à toute épreuve, et qu'il n'eût peut-être pas tout le sang-froid dont il s'est targué plus tard d'avoir fait preuve.

Quand il revint en Russie, on s'attendait à voir un garçon sur qui l'éducation allemande n'aurait fait que passer, et on trouva un *bursch* allemand, intelligent, instruit, mais méprisant tout le monde.

arrogant, avec une exagération romantique qui
provenait du peu de sensations ressenties, du peu
d'expérience. Il scandalisait ses amis par une confiance folle en lui-même, qui lui permettait de
donner pour axiome toutes les fantaisies qui lui
traversaient la cervelle. Surgissait-il dans une
conversation une image quelconque ; aussitôt
Tourguéneff réclamait sur elle son droit d'auteur.
Était-ce une anecdote qu'on contait, il feignait que
l'aventure lui fut propre, et il la racontait à son
tour d'une manière si intéressante, que tout le
monde oubliait le sujet de la conversation, et se
livrait au plaisir d'ouïr un conte fantastique imaginé
et continué pendant la conversation même.

Ces mensonges de poète lui servaient à faire
preuve de connaissances qui n'étaient point communes parmi ses rivaux. Le but du jeune Tourguéneff était net. Il visait à produire un effet et à se
conquérir une réputation d'originalité. A ses yeux,
la chose la plus honteuse pour un homme, c'était
de ressembler aux autres. Il échappait à ce malheur terrible en se donnant des qualités extraordinaires, des vices même, pourvu que ces qualités
ou ces vices servissent à le distinguer du reste des
hommes. Il donnait à sa figure une expression qui

n'était nullement en harmonie avec sa bonhomie et la tendresse de ses traits. Certes, il ne trompait longtemps personne et oubliait bientôt lui-même les qualités qu'il se donnait. Il arrivait qu'il s'étonnait de ses propres paroles, en disant que c'étaient des calomnies. Quand on les répétait devant lui après quelque temps, il s'indignait. C'est ainsi qu'il protestait énergiquement contre son aveu que devant les grandes œuvres d'art (peinture, sculpture ou musique), il sentait comme une démangeaison au-dessous des mollets, et que les nerfs de ses jambes se contractaient.

Quoiqu'il en fût de ces travers de Tourguéneff, de la conviction qu'il affichait alors et qui lui fut si reprochée depuis que la source de la vraie science était à l'étranger, — cette conviction était d'ailleurs presque générale, — ses études de la philosophie et des langues étrangères l'avaient initié aux idées libérales, l'avaient amené à prêter le serment d'Annibal de lutter toute sa vie contre le servage. Peut-être n'eût-il pas écrit les *Récits d'un chasseur*, s'il n'était allé à l'étranger : on observe mal un milieu qu'on n'a jamais quitté.

Il commença à écrire en 1836. Sa première œuvre fut un drame, *Stenio*, qu'il a qualifié lui-même, et assez justement, d'à peu près inepte; puis un article de critique insignifiant..... Tout aussitôt, il fut obligé de travailler pour vivre, et de 1841 à 1846 il collabora aux *Annales de la Patrie* où il publia des vers sous le pseudonyme T. L. Sa pauvreté était le résultat de sa brouille avec sa mère : cette brouille s'était produite à la suite du refus de Tourguéneff d'entrer au service, de devenir tchinovnik. Mme Tourguéneff lui avait aussitôt coupé les vivres. C'était une personne extraordinairement virile, aux caprices près, qui étaient le seul des apanages de la femme qu'elle eût conservé. Son caractère despotique s'accusait par des traits qui semblent parfois ceux de la folie. Tourguéneff a peint sa mère dans *Moumou*, une curieuse nouvelle que l'on peut lire dans la traduction française.

Les mémoires récemment publiés de la fille d'adoption de Mme Tourguéneff, sont pleins sur elle d'anecdotes caractéristiques.

Les anniversaires de naissance, les fêtes patronales de ses fils étaient célébrés dans sa maison, même en l'absence de celui qu'on fêtait. C'est ainsi que le 28 octobre 1845, en dépit de sa brouille avec le romancier, on devait célébrer le jour de la naissance d'Ivan Serguéiévitch.

11.

Dans la grande salle, des oies rôties, des pourceaux, des pâtés, des poissons coupés en petits morceaux s'étalaient sur les longues tables flanquées à chaque bout de carafons d'eau-de-vie.

Dans l'appartement des femmes, on aurait retrouvé les mêmes plats, le samovar et du vin rouge.

La table pour les serfs de Spasskoié-Célo était dressée dans la bibliothèque qui servait de logement à l'intendant de la maison.

A l'entrée de la longue galerie on plaçait toujours un grand fauteuil pour la maîtresse. C'était là qu'elle s'asseyait pour le baise-mains et, tour à tour, chacun des domestiques, selon sa fonction et son rang, venait baiser sa main, puis s'approchait de la table et après avoir pris un verre saluait bien bas la maîtresse et buvait.

Cette année-là, la cérémonie suivait son cours solennel habituel; mais la physionomie de Varvara Pétrovna était grincheuse. La tempête approchait... Cependant la journée s'écoula sans incident et chacun pensait que l'orage était, pour cette fois, évité.

Ce même jour, jour de sainte Prascovia, on fêtait

l'économe Prascovia Mikhaïlovna. Malgré l'âpreté de
son caractère, Varvara Pétrovna n'était ni avare ni
mauvaise et à part les orages qui éclataient de loin
en loin ils étaient plus heureux que bien d'autres
serfs. Bien nourris, touchant quelques appointe-
ments, ils consacraient volontiers leurs économies
à singer les réceptions des maîtres. Varvara Pétrovna le savait et avait deviné d'avance que le
soir son économe aurait du monde pour célébrer
sa sainte patronne.

Elle attendit l'instant favorable.

On arrivait chez Prascovia Mikhaïlovna, quand
une nouvelle désolante se répandit : la maîtresse
se sent mal, elle se meurt, elle mande un prêtre
auprès d'elle..... On court, on se démène..... Le
pope arrivé, Varvara Pétrovna se confesse, puis
d'une voix éteinte déclare qu'avant de communier
elle veut faire à tous ses adieux et donner sa béné-
diction à sa fille adoptive. De la même voix mou-
rante, elle demande qu'on mette devant elle les
portraits de ses fils Ivan et Nicolas.

— *Adieu, Jean ! Adieu, Nicolas ! Adieu, mes enfants !* gémissait-elle en français.

« J'étais à genoux devant le lit, continue sa pro-
tégée, je pleurais si haut et si amèrement que le

bon Porphyre Timoféitch (1) me fit prendre quelques gouttes d'eau pour me calmer. Mais quand Varvara Pétrovna commanda de lui apporter l'image de Notre-Dame de Vladimir et me bénit, mes sanglots se tranformèrent en cris hystériques.

« Porphyre Timoféitch continuait à rester debout au pied du lit de sa maîtresse, ses fioles dans les mains. La bonne Agathe était au chevet, évantant Varvara Pétrovna avec un mouchoir humecté de vinaigre.

« Tout à coup, la maîtresse ordonna d'une voix qui n'articulait plus, que la domesticité et les serfs de l'administration, — cinquante personnes au total, — vinssent lui dire adieu, car elle sentait qu'elle allait mourir.

« Quand on lui dit qu'ils étaient tous assemblés, elle commanda qu'ils entrassent un par un et prissent congé d'elle.

« Elle était couchée, les yeux à demi-clos, la main gauche pendant hors du lit.

« Chacun des domestiques entrait, faisait à la maîtresse un salut jusqu'à terre, et après avoir baisé sa main s'en allait, cédant la place à un

(1) Serf médecin.

autre. Quand le tour du dernier arriva, elle demanda :

— Tous ?

— Tous, maîtresse ! répondit l'intendant qui, comme chef des domestiques, se tenait au pied du lit pour faire observer le rituel du baise-mains.

— Et tel ?..... Et tel ?..... murmura Varvara Pétrovna.

« Je continuais à pleurer,

— Assez !

« Et la main de Varvara Pétrovna me caressait la tête.

— Assez ! Dieu est miséricordieux..... Je ne mourrai peut-être pas..... Agathe, du thé !

« Mais, comme une enfant que j'étais, j'étais sûre que j'allais perdre ma bienfaitrice et je ne pouvais contenir mes larmes. Mais le médecin, Agathe et son mari avaient compris qu'il n'y avait là qu'une comédie..... A quoi elle aboutirait, ils ne pouvaient le deviner..... Le final ne se fit pas longtemps attendre. Varvara Pétrovna but deux tasses de thé et autorisa le pope à se retirer.....

« Une heure se passa ainsi.

— Poliakoff ! cria tout d'un coup Varvara Pé-

trovna d'une voix de tonnerre. Poliakoff, prends la
feuille et écris.

« Près du lit, sur la table, il y avait une boîte
sur laquelle était écrit, en français naturellement,
feuilles volantes. Dans cette boîte se trouvaient de
petites feuilles de papier sur lesquelles la maîtresse
écrivait elle-même ou faisait écrire aux autres ses
plans, ses idées, etc.

« Poliakoff prit la feuille et, sous la dictée de sa
maîtresse, il commença à écrire :

*Demain matin qu'on envoie les délinquants ci-
dessous désignés balayer la cour et les jardins
devant mes fenêtres.*

« Suivaient les noms des domestiques qui n'a-
vaient pas paru au baise-mains, comme aussi ceux
des serfs qu'elle avait jugés un peu gris, quand ils
lui faisaient leurs adieux.

« Tous les noms inscrits, elle signa l'ordre de sa
main.

— Canailles, ivrognes ! éclata sa fureur. Tous se
sont enivrés. On est content de voir mourir la maîtresse ! On est content que je meure. On commence
à boire et à fêter les saints quand la maîtresse s'en
va dans l'autre monde.

« Et longtemps encore elle continua sur ce ton.

« Le lendemain, tous les coupables, y compris les aristocrates de la domesticité et de l'administration, en *khalats* gris, avec des ronds et des croix dessinés à la craie sur leur dos, arrivaient avec des pelles et des balais devant les fenêtres de la maison seigneuriale et nettoyaient à merveille cour et jardins. »

Toutes les malices de Varvara Pétrovna n'étaient point aussi funèbres, mais elles n'en étaient pas moins désagréables pour son entourage.

Une autre fois, — c'était le jour de Pâques, — Varvara Pétrovna fut réveillée de bon matin par les sonneries triomphales des cloches. Le sonneur, sachant la maîtresse présente au village, tenait à se distinguer.

— Que signifie ceci? demanda Mᵐᵉ Tourguéneff à sa bonne qui entrait.

La bonne se taisait intimidée.

— Je demande ce que signifie cette sonnerie?

— C'est la fête, maîtresse..... les Pâques! répondit timidement la bonne.

— Les Pâques! Une fête! Et quelle fête! On aurait dû me demander d'abord si mon humeur est aux fêtes. Je suis malade, ennuyée. Les cloches me tracassent. Qu'on cesse immédiatement de sonner ! conclut Varvara Pétrovna d'un ton de colère.

— Il n'y a pas de Pâques pour moi, continua-t-elle : il ne doit pas y en avoir pour ceux qui vivent chez moi. Qu'on dise au curé que je suis malade, que je ne puis entendre les cloches.

Les cloches, cependant, tintaient plus gaies..... Bientôt elles se turent..... Plus d'une heure s'écoula dans un silence de morts.

« A neuf heures, Varvara Pétrovna me dit de m'habiller et j'allais revêtir une belle robe blanche,

« J'attendis qu'on ouvrit les volets et qu'on apporta le thé. Je devais alors à mon tour et comme d'usage lire mon chapitre de l'*Imitation*. Mais les volets ne s'ouvraient pas. Madame était souffrante. On lui apporta une tasse de thé et j'entrai.

« Je m'arrêtai avec indécision. Fallait-il lui donner le baiser pascal ou bien la saluer simplement d'un *bonjour, maman*. Elle me tendit la main et m'embrassa comme d'habitude sur le front.

— Pourquoi t'a-t-on habillé de fête ? demanda-t-elle d'une voix faible. Tu vas salir ton costume. Change de robe et viens prendre le thé !

« Et la table qui était dressée solennellement !
Un service de Sèvres qu'on y étalait seulement aux
jours de gala était sur le plateau. Le samovar bril-
lait comme aux jours de fête. Le maître d'hôtel, en
habit et gants blancs, était tout prêt à verser le
thé. La paskha si odorante, des œufs rouges, l'a-
gneau de beurre couché doucement sur l'assiette
avec un rameau de verdure, la brioche d'un par-
fum plus savoureux encore, tout parlait de la
grande fête : la fête seule manquait. Dans l'antichambre la foule des domestiques attendaient hale-
tants la décision de la maîtresse. Cette grande fête,
on l'attendait toute l'année..... et cependant la
maîtresse se taisait. Pour ne pas la froisser, il fallait desservir la table..... Tout le monde avait l'air
triste, désillusionné. Ainsi se passèrent déjeûner
et dîner. On marchait sans bruit, on chuchottait :
les volets de Varvara Pétrovna ne s'ouvraient pas.
Elle ne sortait pas de sa chambre : elle déjeûna et
dîna seule.

« Les popes vinrent avec les croix : on ne les
reçut pas.

— Madame est souffrante. Quand elle ira mieux,
elle vous fera venir.

« Ainsi se passa le premier jour de Pâques.

« Le mercredi ou le jeudi, Agathe, en entrant dans la chambre, entendit pour la première fois le mot : *les volets;* mais avant le déjeûner, comme le maître d'hôtel demandait si madame voulait rompre le jeûne :

— A quoi bon maintenant? répondit-elle. La fête est presque à son terme : puis, tout doit être gâté.

« Nous n'eûmes, de la sorte, pas de Pàques cette année-là.

On devine qu'avec pareille mère aucune victoire par les sentiments n'était possible. Après avoir héroïquement résisté, il capitula, las de cette fière misère qu'il dissimulait si soigneusement à ses amis. Il entra dans les bureaux du Ministère de l'intérieur où il eut pour chef le célèbre ethnographe Dal, mais il ne put se résigner à cette besogne idiote rendue plus pénible encore par la grossièreté de Dal. Il revint à la vie de bohême et de misères qu'il traînait depuis plusieurs années.

C'est alors qu'il fit connaissance de Mme Viardot et devint l'inséparable compagnon de ses voyages. Il vécut ainsi près de M. et Mme Viardot jusqu'à la mort de sa mère. Il vivait péniblement, gagnant fort peu, mais plus que jamais il avait à cœur de

dissimuler sa gène. La générosité factice, l'aisance
apparente de ses prodigalités détournaient les
soupçons..... Ses amis riches l'aidaient d'ailleurs
beaucoup. Quand, en 1847, il accompagna les
Viardot à Berlin, puis à Paris, ses finances étaient
dans un état pitoyable. Un ami le logea dans
un château inhabité, à la campagne, et il faisait de
loin en loin une fugue à Paris dès que quelques
louis sonnaient dans son escarcelle. L'année 1848
lui fut moins cruelle. Il put habiter une très belle
chambre au coin de la rue de la Paix et du boulevard des Italiens, ce qui lui permit d'assister à de
bien curieux incidents.

En 1850 Mme Tourguéneff mourut. Alors seulement
il devint tout d'un coup riche et libre. Son frère et
lui héritaient d'une grande propriété sans hypo-
thèques. Tourguéneff alla vivre dans son village. Là
il s'adonnait avec passion aux plaisirs de la chasse,
construisant sur divers points de sa propriété des
pavillons de chasse dans lesquels il écrivait aux
époques des pluies. Il avait pour compagnon favori
dans ces courses à travers forêt, un serf de sa mère
qu'on appelait *le chasseur de la cour*, parce que
du vivant de Varvara Pétrovna il avait le soin de
fournir sa table de venaison. Athanase, qu'il a peint

sous le nom d'Iermolaï dans les *Récits d'un chasseur*, était aussi grand causeur que savant en toutes les sciences du chasseur et du forestier. C'est de sa bouche que Tourguéneff recueillit le récit *Les Rossignols*.

Après une longue chasse, il advint une fois que Tourguéneff et Athanase, perdus dans les steppes, atteignirent enfin une petite izba, morts de fatigue et de faim. La paysanne n'avait ni thé ni comestibles d'aucune sorte, en dehors de quelques champignons qu'elle se met en devoir de préparer. Ils avaient le moelleux du cuir et la saveur de l'amadou. Malgré son appétit Tourguéneff en fut rassasié des les premières bouchées. Il s'abstint cependant de toute observation, prenant plaisir à voir officier son compagnon. Athanase dévora la première potée de champignons, en demanda une seconde et la dévora : puis il se leva, salua les images et lançant un regard sévère sur la paysanne :

— Mais tes champignons sont crûs, ma chère?

L'hiver, Tourguéneff vivait à la capitale. Sa fortune lui donnait les moyens d'y briller : sa réputation, chaque jour grandissante, l'entourait de ce courant de sympathies qui lui a toujours été aussi nécessaire, dit un de ses biographes, que l'air aux poumons. Il aimait à être remarqué, applaudi, courtisé. Au milieu des uniformes et des habits, il se sentait dans son élément. Dominant tous les autres de sa haute stature, il attirait bien vite tous les regards. Son salon rassemblait des gens de toutes les classes de la société : mondains, artistes, acteurs, actrices, savants, confrères de la littérature ou de la presse. Il aimait déjà à mettre en lumière des inconnus et se vantait de les savoir découvrir avec un art sans égal.

Un matin, M. Annenkoff arrivait chez Tourguéneff qu'il trouva assis sur un canapé, à côté d'un jeune officier de marine et du critique Grigorieff. Tourguéneff bondit à la vue de son ami.

— A genoux! A genoux! lui cria-t-il..... Vous êtes en présence d'un génie.

A cette apostrophe, le jeune officier de marine rougit ; mais Tourguéneff, de plus en plus enthousiaste, reprit :

— Oui, mon ami, voilà un futur grand écrivain !

Et il récitait, déclamait des vers du jeune marin, un certain Sloutchevsky, alors tout à fait inconnu, et qui d'ailleurs ne l'est pas moins aujourd'hui.

Tourguéneff fit publier les vers de Sloutchevsky : ils passèrent absolument inaperçus.

Une autre fois, Tourguéneff parlait à son ami
Botkine d'un certain L... qui possédait, selon lui,
un talent immense, inouï ; il le déclarait avec émotion un maître, *son* maître. Botkine approuvait
toujours par son silence. La crise d'admiration ter-
minée, il s'occupe de lire les œuvres de ce fameux
L... Le résultat de cette lecture fut déplorable.....
Il ne restait rien de ce talent supérieur. Pièces en
mains, Botkine entreprit de reviser la foi de Tourguéneff. Sa critique était à la fois si dure et si juste
que Tourguéneff, agacé, s'en fut au jardin composer une épigramme contre son ami.

A la campagne, ces malices étaient remplacées
par des passe-temps plus doux. Tourguéneff était
devenu amoureux et dans de singulières conditions
pour un aussi grand libéral.

Tourguéneff avait à Moscou un oncle fort riche,
assez âgé déjà, mais bien conservé. C'était un ancien cuirassier qui vivait là avec deux filles à ma-
rier et recevait beaucoup dans l'espoir de leur
trouver un mari. C'est chez Pierre Tourguéneff, que
notre romancier rencontra pour la première fois
leur commune cousine Élisabeth Tourguéneff, une
gracieuse blonde de quinze à seize ans, qui possédait une propriété près d'Orel.

Élisabeth Tourguéneff administrait elle-même son village qui représentait à ses yeux ses costumes pour les soirées, sa dot et tout ce qu'elle possédait. Tourguéneff entra en relations avec sa parente et la visita une ou deux fois dans son village.

Élisabeth avait auprès d'elle comme femme de chambre une jeune serve nommée Féoctista, mais qu'on n'appelait que du diminutif alors fort à la mode Fétistka.

Fétistka ne frappait pas à première vue : sa beauté n'avait rien d'extraordinaire. Brune, maigrelette, pas laide mais pas jolie non plus, on l'eût portraiturée volontiers ainsi ; mais à la mieux considérer, on trouvait dans ses traits tirés, dans son minois hâlé par le soleil, dans ses regards tristes quelque chose qui attirait et qui charmait. Tourguéneff la considéra mieux : il fut charmé.

Il la dépeignait plus tard merveilleusement svelte, aux attaches fines, à la taille déliée, à la contenance fière et distinguée. Il déclarait que rien en elle ne rappelait l'antichambre et l'office. Élisabeth aimait beaucoup sa femme de chambre favorite ; elle l'habillait de ses toilettes à peine défraîchies et Fétistka ainsi vêtue avait tout l'air d'une demoiselle.

A chaque visite, le cœur de Tourguéneff était conquis davantage, et toujours il multipliait les visites. Élisabeth eût bien pu finir par attribuer à ses charmes la fréquence des visites de son cousin. Il ne lui en laissa pas le temps.

C'était bien avant l'abolition du servage. Tourguéneff avait juré d'en aider l'abolition, mais il ne s'était pas interdit autant qu'il durerait d'en profiter. Il avait conservé ses serfs, se bornant *à ne pas salir sa main d'un seul soufflet* (1). Cette fois, il trouva que vraiment le servage avait du bon, puisqu'il pourrait, grâce à lui, posséder cette beauté. Cette idée n'avait rien qui choqua alors même les esprits les plus libéraux. S'il eut une seconde des scrupules, l'élégant admirateur de Mme Viardot leur imposa bien vite silence, et bientôt il demanda à sa cousine un entretien auquel elle se préparait depuis longtemps.

Le prix qu'elle déclina fut comme une douche désagréable pour l'amoureux de Fétistka.

La cousine, pour l'expliquer, ajoutait qu'à vrai dire elle ne devrait, à aucun prix, se séparer de Fétistka, que c'était là une femme de chambre incomparable.

(1) Lettre à M. Vengheroff, 19 juin 1874.

Elle espérait du moins que chez son nouveau maitre, sa serve favorite ne serait point maltraitée, qu'elle n'aurait point la vie trop dure.

Bref, si Tourguéneff par ses promesses apaisait et tranquillisait sa conscience, on pourrait s'entendre.

Tourguéneff, sans nul doute, affirma que ses projets n'étaient point trop noirs, qu'il n'en voulait nullement à la vie de Fétistka, mais qu'il désirait simplement *faire son bonheur*. On marchanda longtemps et on tomba d'accord à 700 roubles. C'était pour rien. Une serve valait alors de 25 à 50 roubles. Tourguéneff paya séance tenante et le lendemain Fétistka en larmes déménageait chez lui.

Son nouveau maitre, pour esssuyer ses pleurs, s'empressa de lui déclarer qu'il l'aimait et qu'il tâcherait de la rendre heureuse. Fétistka le savait bien; mais elle n'entrevoyait aucun bonheur auprès de lui. Qu'y faire ? Elle était sa serve. Elle n'avait qu'à se résigner et se résigna.

Tourguéneff, il faut le dire, en fut tout d'abord éperdûment amoureux : il fit pour elle des folies, l'emmena toute couverte d'étoffes précieuses et de bijoux à Spasskoié-Célo où il s'enferma jalousement avec elle pendant une année environ.

L'idylle alors prit terme.

Fétistka était outrageusement ignorante et pis qu'ignorante, elle était peu intelligente. Tourguéneff avait essayé durant la lune de miel de lui apprendre à lire. Il n'en résultait que des piques et des querelles d'amoureux qui empoisonnèrent ces premières joies. Alors Tourguéneff allait souvent à la chasse... Puis un tiers était venu prendre part à l'idylle. Fétistka n'avait pas tardé à ressentir ces troubles qui sont pour les jeunes mariées le symptôme impatiemment attendu d'une maternité prochaine. Tourguéneff chassait de plus en plus : les maux du cœur l'agaçaient.

Une jolie petite fille, cette Assia, qui faillit brouiller Tourguéneff avec Tolstoï, naquit.

Tourguéneff chassa davantage, puis il partit pour la France, oubliant Fétistka et sans doute oublié d'elle...

XIV

Comme tous les artistes, Tourguéneff n'avait à proprement parler pas d'opinions politiques. Nerveux et facile à l'enthousiasme, il appartenait à deux heures d'intervalle aux partis les plus opposés. Indépendant d'ailleurs par principe, il l'était aussi par le fait, n'ayant ni à se louer ni à se plaindre personnellement des grands.

On racontait à Saint-Pétersbourg, il y a quelques années, dans la jeunesse frondeuse, qu'un jour, feue l'impératrice Marie Alexandrovna, voulant honorer en Tourguéneff l'écrivain le plus en vogue de la Russie, l'avait invité à venir prendre chez elle une tasse de café.

A l'heure dite, Tourguéneff revêtu de son plus

bel habit, se présentait au palais. On l'introduisit dans un salon. Il prit une chaise et attendit. Dix minutes s'écoulèrent, puis vingt..... une heure enfin.

Tourguéneff commençait à s'impatienter.

Tout à coup, la porte s'ouvre à deux battants et un nègre, en culottes courtes, frac galonné d'or et gilet rouge, entre portant un plateau avec une petite tasse à café qu'il place devant Tourguéneff. Puis il s'en va. Tourguéneff prend la tasse, la boit et attend encore.

Une demi-heure s'écoule...

Le nègre entre de nouveau, cette fois sans plateau et, montrant ses belles dents blanches, lui demande s'il veut une autre tasse de café.

— Et Sa Majesté....?

— C'est elle qui m'envoie.

Tourguéneff se lève tout confus, jurant mais un peu tard qu'on ne l'y prendrait plus.

Cette anecdote était venue à mes oreilles et j'eus un jour fantaisie de demander à Tourguéneff si elle était vraie.

— Il n'y a là-dedans pas un mot de vrai, protesta-t-il chaudement. L'Impératrice était incapable d'un pareil trait. Je n'ai eu d'ailleurs de relations personnelles, parmi les membres de la famille impériale, qu'avec la Grande Duchesse Hélène Pavlovna..... et vous savez combien elle était libérale ! Elle collaborait à la *Cloche* de Hertzen : c'était elle qui luienvoyait les secrets du palais..... L'Empereur me hait.....

Pendant les ovations faites à Tourguéneff à Saint-Pétersbourg, l'empereur Alexandre II, croyait fermement le romancier, aurait dit :

— Ce Tourguéneff est vraiment ma bête noire.

Cette phrase suffisait pour que la police, effarouchée, lui ait donné le conseil prudent de repasser la frontière.

Quoi qu'il en soit, l'anecdote n'en était pas moins erronée. Tout occupée de ses dévotions et de ses malades, il y a bien des chances pour que l'impératrice Marie ait ignoré le nom même de Tourguéneff : l'Impératrice actuelle est mieux instruite des choses littéraires de sa patrie d'adoption.

Après notre conversation, Tourguéneff fit la connaissance de divers personnages de la famille impériale.

Ce fut tout d'abord le prince héritier, maintenant Alexandre III, qui vint à Paris, visita le club des

12.

artistes russes dont Tourguéneff était le secrétaire
perpétuel.

Après le prince héritier, ce fut le grand-duc
Constantin. Quand il vint à Paris, les journaux
français racontaient à qui mieux-mieux qu'il était
parti pour l'étranger à la suite d'une querelle
violente avec le jeune Empereur, son neveu.
A entendre la presse parisienne, la disgrâce
du grand-duc était complète et sans remède. La
colonie russe à Paris ne brille pas par son énergie et son courage. Le prétendu disgrâcié ne
trouva plus un ami parmi ses compatriotes. Les
généraux même, loin de le visiter, évitaient de
le saluer quand ils le rencontraient sur le boulevard ou dans la rue. Aussi s'ennuyait-il très
fort. C'est alors qu'il se présenta un jour chez
Tourguéneff.

Il voulait, disait-il, faire la connaissance de la
société artistique et littéraire de Paris, et demandait à lui être présenté, sous les auspices du grand
écrivain son compatriote.

Tourguéneff, révolté de la platitude de la colonie
russe, se mit tout entier à sa disposition.

— Je l'ai fait, disait-il à ses intimes, pour ne pas
ressembler à un de ces vils esclaves.

C'est alors qu'il arrangea le fameux dîner chez Mme Adam, auquel assistait Alphonse Daudet. Le grand-duc y charma tout le monde par son affabilité et sa courtoisie. La société parisienne fut enchantée et le traita dès lors comme l'un de ses favoris, apportant à le fêter cet empressement qu'elle apporte dans tout, l'enthousiasme et la sympathie, comme la rancune ou la colère.

. .
. .

Si Tourguéneff était moins ignoré qu'on ne le disait à la cour, il n'avait pas une grande popularité dans les hautes sphères bureaucratiques ou ministérielles. Il racontait, avec la causticité qui faisait de sa conversation une mordante chronique de la ville et de la cour, une piquante anecdote sur une visite faite parlui au comte Dimitri Tolstoï, notre célèbre ministre de l'instruction publique et l'un des plus vigoureux adversaires des idées libérales.

Tourguéneff portait un très vif intérêt à l'un de ses protégés, le fils de sa blanchisseuse qui, placé par ses soins à l'école réale de Norotcherkask, y avait remporté des succès éclatants. Le jeune homme touchait à la fin de ses études, quand

un malheureux incident compromit son avenir.

Le diplôme qu'on accorde aux élèves des écoles
réales ne leur permet point de continuer à l'Université leurs études au sortir de l'école. L'Université n'accueille que les jeunes gens qui sortent des
gymnases. En 1879, les élèves de l'école réale déci-
dèrent de rédiger une adresse au Ministre de l'instruction publique et de la lui faire parvenir. Tous
les élèves sortants la revêtirent de leur signature ;
mais à peine l'adresse signée, deux partis se des-
sinèrent parmi eux. On se querella, on se brouilla
et l'adresse fut mise à l'oubli.

A l'oubli, non pas.

L'adresse constituait un manquement à la disci-
pline. L'administration, jalouse de ses droits,
signala l'affaire à Saint-Pétersbourg.

Alors qu'aucun des délinquants ne songeait plus
à l'adresse, un employé du ministère, délégué spécialement pour faire une enquête, tomba comme
une bombe à Novotcherkask. On avait grossi
l'aventure, considérablement modifié un texte qui
n'était connu de personne : la démarche des éco-
liers était devenue un complot qu'il était du devoir
du ministre de réprimer d'une manière éclatante.

Les cours furent suspendus, tandis qu'on activait l'instruction de l'*émeute* des collégiens de Novotcherkask.

Le comte Tolstoï, en possession du rapport officiel, s'aperçut bien vite que l'importance de l'affaire avait été exagérée, qu'il y avait eu là étourderie plutôt qu'acte d'insubordination ; mais d'autre part l'attention publique était en éveil ; une concession eût passé pour de la faiblesse ; les nécessités politiques imposaient la sévérité. Le ministre ordonna que tous les élèves de l'école réale, sur le point de sortir, devraient redoubler leur année.

Le protégé de Tourguéneff, désireux de ne pas perdre une année, partit pour Saint-Pétersbourg où il fit des démarches pour être admis à l'Institut technologique. On lui répondit que, vu les circonstances, une autorisation spéciale du ministre était nécessaire. C'est alors que Tourguéneff accepta de faire une démarche personnelle auprès du comte Tolstoï. Il lui demanda une audience et à l'heure fixée d'avance fut introduit dans le cabinet du ministre.

— Il m'accueillit froidement, racontait Tourguéneff, et malgré mes efforts d'éloquence, demeura

inflexible. Vexé de voir mes sollicitations sans résultat, une démarche aussi ennuyeuse sans fruit,
je me levai pour me retirer au bout de quelques
instants. D'un geste le comte me retint. « Mille
excuses, me dit-il, il faut que je vous retienne encore un moment. » Et sans attendre ma réponse,
il ouvrit la porte qui donnait accès à l'intérieur de
l'appartement, frappa plusieurs fois dans ses mains
en criant à haute voix : « Macha ! Macha ! » Un
instant après, une fillette de treize à quatorze ans
entra dans le cabinet. C'était Mᴵˡᵉ Tolstoï. « Tu voulais voir le célèbre écrivain M. Tourguéneff, lui dit
son père. Le voilà ! Il est assis devant toi. » Nous
restâmes ainsi quelques minutes. Moi dans le fauteuil, et devant moi, me dévorant des yeux, une
jolie fillette toute émue et rougissante. Le comte à
son bureau, renversé dans son fauteuil, tambouri-
nait d'un air sévère sur le tapis vert. « En voilà
assez, dit-il enfin. tu peux t'en aller. » Et, se levant, il me congédia de ces mots : « Bonjour, monsieur, je n'ai plus rien à vous dire. »

Cette exhibition en manière de bête curieuse avait
piqué au vif Tourguéneff, et le nom du comte lui
en était resté odieux. Mais si les chefs de notre
parti conservateur lui étaient antipathiques, s'en

suit-il que Tourguéneff eut des idées politiques
bien précises? Il était l'élève de Bakounine, l'ami
d'enfance de Hertzen, de Bielinsky, d'Ogareff, de
toute la pléiade libérale et même révolutionnaire
de 1840. Il est hors de doute qu'il partageait les
idées de ses amis : mais aucun d'eux ne le considérait comme un homme politique. Dans sa jeunesse
ils le considéraient avec un certain dédain à cause
de la légèreté de son caractère. Ils le tenaient
pour un mauvais plaisant, capable de farces mal-
séantes et les mémoires de M. Annenkoff prouvent
qu'on ne le calomniait point.

Plus tard, Tourguéneff payait ses amis de la
même monnaie. Dans *Dimitri Roudine* il a peint
Bakounine sous des traits peu flatteurs ; il est vrai
que le roman ayant amené un orage, Tourguéneff
se rétracta un peu et rendit le caractère de son
héros plus sympathique. Il a raillé les amis de
Hertzen dans *Fumée*, roman paru dans une époque
de pleine réaction, alors qu'il n'y avait nulle bravoure à se permettre ces railleries.

Tout cela, certes, prouve que Tourguéneff n'a-
vait rien de l'homme de parti ; mais les idées de
liberté lui furent toujours chères et l'on peut dire,
que si dans sa longue carrière il s'est souvent atta-

qué aux hommes qui les représentaient, il est toujours resté fidèle à la vérité elle-même. Bien plus,
il était jaloux de passer pour le porte-drapeau des
idées libérales, et rien ne lui était plus pénible que
les malentendus qui rendaient suspect son dévouement au libéralisme.

En 1858, il annonça dans *A la veille*, peu avant
les grandes réformes d'Alexandre II, la venue d'une
génération nouvelle qui prendrait une part active
à la transformation du pays. En 1860, dans une
conférence publique, il défendait le type de Don
Quichotte qui était à ses yeux un révolutionnaire.
« Il doit absolument se mêler une certaine dose de
ridicule, disait-il, à la conduite, au caractère même
des gens qui sont appelés à faire une grande
œuvre. Les masses finissent par suivre — et même
suivre avec une aveugle confiance, — les personnages qu'elles raillaient jadis, qu'elles maudis-
saient et persécutaient, mais qui n'avait peur ni
de ses persécuteurs, ni de leurs malédictions, ni
même de leurs rires et qui marchait sans faiblir
tout droit devant soi, en ayant toujours les yeux
fixés en avant et en contemplant le but qu'il était

(1) Traduit sous le titre *Hélène*, par X. Marmier (*Scène de la
vie russe*).

seul à apercevoir, qui cherchait, tombait et enfin
trouvait. Être piétiné par des pattes de cochons,
c'est un accident commun dans la vie des Don Quichotte et qui arrive toujours avant leur dernière
heure. C'est le tribut ultime qu'ils doivent payer
au hasard grossier, à l'inintelligence indifférente
et insolente. C'est là le soufflet du pharisien. Après
lui ils peuvent mourir. Ils sont passés par le feu du
creuset : ils ont conquis l'immortalité. »

En défendant ainsi les révolutionnaires, Tourguéneff écrivait encore ces lignes devenues histo-
riques :

« Nous comprenons que nous pouvons être
utiles au pouvoir et nous sommes prêts à lui être
utiles et à le servir dans la mesure de nos forces.
Nous allons au-devant du pouvoir, non pas parce
qu'il est pouvoir, mais parce qu'il veut la vérité et
le bien public, et ne nous contraint à aucun sacrifice moral. Nous avons confiance en lui, pour qu'il
l'ait en nous..... Le passé nous a laissé beaucoup
de ténèbres, mais il est encore temps d'en sortir et
de paraître à la lumière, quand le Tzar va au-devant de son peuple. Unir en un seul faisceau ses
meilleures forces et les diriger vers un grand but,
le Tzar en est capable, et l'accomplissement de cet

13

exploit est digne du cœur et de l'esprit de Celui
dont la tête a conçu l'idée d'affranchir le paysan
russe. »

Ces lignes étaient écrites en 1858, quand on commençait à parler du projet d'Alexandre II d'affranchir les serfs, et Tourguéneff offrit au souverain sa
plume pour défendre la réforme dans un journal
projeté par lui, et qui devait s'appeler *L'Indicateur
agronomique*.

En 1861, il publia *Pères et Enfants* dans le journal de M. Katkoff. On ne peut s'imaginer aujour-
d'hui combien cette publication souleva d'indignation. La jeunesse, la littérature libérale qui regardaient l'auteur d'*A la veille* comme le représentant
de leurs idées étaient indignés de *cette caricature*.
Leur colère le rangea aussitôt dans le camp des
réactionnaires, des ennemis du progrès, en même
temps qu'il recevait des félicitations et presque des
embrassades de ceux qui furent de tout temps ses
adversaires. Tourguéneff se révolta contre cette
inconstance et cette *inintelligence*. Il écrivit la
lettre suivante aux étudiants russes d'Heidelberg :

Paris, 26 avril 1860.

« Je m'empresse de répondre à votre lettre de
laquelle je vous suis très reconnaissant. Il est impossible de ne pas attacher de prix à l'opinion de
la jeunesse. Dans tous les cas, je voudrais bien
qu'il n'y ait pas de malentendu sur mes intentions.
Je vous réponds point par point :

« 1° Le premier reproche me rappelle l'accusation portée contre Gogol et d'autres de n'avoir pas
mis de braves gens parmi les mauvais. Bazaroff
écrase cependant tous les autres personnages du
roman. Katkoff trouve que j'ai fait de lui l'apo-
théose du *Sovriéménik* (1) et ses qualités ne sont
pas dues au hasard. J'ai voulu faire de lui un personnage tragique : il n'y avait pas lieu aux sensible-
ries. Il est honnête, sincère et démocrate jusqu'au
bout des ongles. Et vous ne lui trouvez pas de bons
côtés ? *Force et matière* n'est pour lui qu'un livre
de vulgarisation, un livre sans valeur. Je n'ai mis

(1) *Le Contemporain*, revue rédigée par Tchernychevsky, le romancier révolutionnaire de *Que faire?*, et *Le poète Niekrassoff*.

là le duel avec Pavel Pétrovitch que pour prouver
l'inanité du monde élégant et de la noblesse repré-
sentée avec une exagération comique. Et comment
pouvait-il décliner cette rencontre ? Pavel Pétrovitch l'aurait battu. Bazaroff, à mon avis, l'emporte
dans toutes les discussions sur Pavel Pétrovitch et
jamais le contraire n'arrive. Quand il s'appelle
nihiliste, il faut lire révolutionnaire.

« 2° Ce qui est dit sur Arcadii, sur la réhabilita-
tion des Pères, etc., ne prouve qu'une chose :
qu'on ne m'a pas compris. Tout mon roman est
fait contre la noblesse en tant que classe privilé-
giée. Regardez bien les figures de Nicolaï Pétrovitch, Pavel Pétrovitch, Arcadii, elles respirent la
faiblesse, la nonchalance, l'étroitesse. Le sens
esthétique m'a fait choisir précisément de bons
représentants de la noblesse pour prouver d'autant
mieux ma thèse. Si la crème est mauvaise, que
sera le lait ? Mettre en scène des employés du gouvernement, des généraux, des voleurs ce serait
grossier, *le pont aux ânes*, ce serait faux.

« Tous les nihilistes que j'ai connus, sans exception (Bielinsky, Bakounine, Hertzen, Dobroliu-
boff, etc.), descendaient de parents relativement
bons et honnêtes. Ce fait a une grande significa-

tion : il dégage les lutteurs, les négateurs de toute ombre d'indignation personnelle, d'irascibilité personnelle. La comtesse de Sallias a tort en disant que des personnages tels que Nicolas Pétrovitch, Pavel Pétrovicth sont nos grands-pères. Nicolas Pétrovich, c'est moi, Ogareff et mille autres; Pavel Pétrovitch. c'est Stolipine, Isakoff et mille autres de nos contemporains. Ils sont les meilleurs de la noblesse et sont choisis par moi précisément pour montrer leur médiocrité morale. Mettre d'un côté des personnages vulgaires et de l'autre un adolescent idéal, à d'autres de tracer le tableau. J'ai voulu faire plus : je faisais dire par Bazaroff, pour une scène que j'ai retranchée à cause de la Censure, à Arcadii, au même Arcadii dans lequel vos collègues de Heidelberg voient *un type mieux réussi :* « Ton père est un honnête homme, mais « fut-il dix mille fois concussionnaire, tu n'aurais « eu d'autre recours qu'une soumission noble et « une effervescence sans résultat. »

« 3° Grand Dieu ! Koukchina, cette caricature est à votre avis mieux réussie que tous les autres. Rien à répondre. Mme Odintzoff est aussi peu amoureuse de Bazaroff que d'Arcadii : comment ne le voyez-vous pas? Encore un type de nos dames

oisives, épicuriennes, des femmes de la noblesse.
La comtesse de Sallias l'a très bien compris. Odintzoff voudrait d'abord caresser un loup (Bazaroff)
pour qu'il ne la mordit pas, puis caresser la tête
bouclée d'un adolescent, et rester toujours allongée
sur sa chaise longue.

« 4° La mort de Bazaroff, que la comtesse de
Sallias nomme *héroïque* et critique pour cette raison, devait à mon avis mettre le dernier trait sous
sa figure tragique : Vos jeunes gens, eux, n'y
voient qu'un accident. Je finis sur cette remarque.
Si le lecteur n'aime pas Bazaroff avec toute sa
grossièreté, toute sa dureté, sa sécheresse sans
pitié, son âpreté, s'il ne l'aime pas, dis-je, la
faute en est à moi, je n'ai pas atteint mon but.
Flatter comme un caniche, je ne l'ai pas voulu,
quoique de la sorte j'eusse pu, sans doute, avoir
tout de suite les jeunes gens pour moi; mais je
n'ai pas voulu acheter une popularité par des
concessions de ce genre. Il vaut mieux perdre la
campagne (et je crois l'avoir perdue) que de la
gagner par ce subterfuge. J'ai rêvé une figure
sombre, sauvage, grande, seulement à demi-sor-
tie de la barbarie, forte, méchante et honnête,
et néanmoins condamnée à périr puisqu'elle est

toujours sur le seuil de l'avenir. J'ai rêvé un
pendant étrange à Pougatcheff. Et mes jeunes
contemporains me dirent en secouant la tête :
Tu es foutu, mon vieux! Tu nous a outragés.
Ton Arcadii est beaucoup mieux, c'est dommage
que tu ne l'aies pas travaillé un peu plus ! » Il ne
me reste, comme dans la chanson tzigane, qu'à
ôter le chapeau et à m'incliner bien bas..

« A l'heure qu'il est, il n'y a que deux personnes
qui aient compris parfaitement mes intentions :
c'est Dostoievsky et Botkine.

« Je ne passerai pas par Heidelberg, quoique
j'eusse bien désiré en connaitre la jeune colonie
russe. Saluez-en les membres de ma part, bien qu'ils
me croient bien arriéré. Dites-leur que je les prie
d'attendre encore un peu avant de prononcer leur
sentence définitive. »

Tourguéneff ne se borna pas à cette réplique
aux étudiants de Heidelberg; leurs critiques l'a-
vaient blessé. On l'a senti à bien des lignes de sa
réponse et il leur porta même quelques coups
d'épingles dans *Fumée.*

La polémique ne s'arrêta pas et reprit bien des
années après au sujet de ces mêmes nihilistes que
Tourguéneff avait peints dans *Terres vierges.* Cette

fois, son adversaire était une femme, Mme Filosofova, une grande dame russe, très libérale, et qui
a même payé cher ses idées avancées. Elle recevait
alors dans son salon la jeunesse nihiliste. Liée
avec Tourguéneff, elle voulut lui donner une idée
juste de ce que sont les nihilistes, quand elle sut
qu'il écrivait les *Terres vierges*. Aussi, un jour lui
envoya-t-elle un portefeuille plein de manuscrits et
dû à un jeune homme de ses amis. Elle pensait que
Tourguéneff y puiserait. Tourguéneff lui répondit
la lettre que voici :

« Votre but, en me remettant ces documents,
était, à ce que je puis en juger, de me faire connaître la manière de penser, et en général les
hommes de *la nouvelle génération*, que je n'ai pu
étudier étant à l'étranger. Les individus avec lesquels je devais faire connaissance, vous les voyez
sous une lumière avantageuse, presque idéale ;
autrement vous ne m'auriez pas remis ce portefeuille. Tout ce que j'y ai trouvé, à l'exception du
journal qui m'a étonné par son honnête véracité et
son enthousiasme spontané, tout peut servir de
matériaux..... mais seulement au point de vue
satirique et humoristique. Et cet humour vise surtout le *jeune* adolescent, le *Léo* russe, M. ***. Quelle

ivressse dans l'adoration de soi-même à côté de la
nullité étonnante (1) ! J'ai beaucoup lu de mauvais
vers dans ma vie, mais les prétendus vers de M. ***
surpassent tout. Le ton dogmatique à côté de cette
ignorance, tout cela invite à la caricature, et notez
que je ne suis nullement choqué de la brutalité des
opinions..... je suis étonné de ce vide qui s'imagine
qu'*à vingt ans il a déjà résolu toutes les questions
de la vie et de la science (textuel)*. Je vous prie
de m'excuser, chère madame, de m'exprimer si
brutalement sur un jeune homme, à qui vous vous
intéressez vraiment; mais je ne sais pas parler autrement. Il me paraît qu'ici également votre bon
cœur vous a trompée : des jeunes gens comme
M. *** n'arrivent à rien de bon. Mettez à part tous
ces bavardages sur sa propre personne sous prétexte d'idées, et vous serez stupéfaite de voir quels
héros il en sortira. Mais, avec cette manière de voir,
ai-je le droit de garder les papiers qui m'étaient
donnés dans une tout autre idée? Puis-je les utiliser? Ma conscience me dit que non, et si vous
aviez pressenti l'impression que me produisent
tous ces documents, vous ne me les auriez pas

(1) *Léo* est le héros d'un roman de l'Allemand Spielhagen,
qui a eu le plus vif succès en Russie.

13.

donnés et, à cause de cela, je n'ai pas le droit de
les garder davantage. Je vous prie donc de vouloir
bien m'écrire rue de Douai, 50, ce que vous voulez
que je fasse de ce portefeuille et s'il faut que je
vous l'expédie. Non, chère madame, ce ne sont pas
encore des hommes nouveaux. J'en connais, parmi
les jeunes gens, qui ont plus de droits à ce titre.

Mme Filosofova ne fut pas contente de l'appréciation de Tourguéneff sur son ami; elle le lui fit
connaitre dans une lettre qui provoqua une
longue réponse à laquelle nous empruntons ce
passage :

« Quant à vos hommes nouveaux, je serais un
très mauvais artiste — et je ne parle pas de
l'homme — si je n'avais pas compris que l'exagération de la suffisance et une certaine quantité de
pose et de phrases, même de cynisme, sont un attri-
but irrésistible de la jeunesse. Ce n'est pas ça que
je reproche à vos amis; mais la pauvreté de leurs
pensées, le manque de connaissances et surtout la
misère mendiante de talent. Ce n'est pas grand
chose encore que M.***. Pour douze vers (*Ne m'aimes
pas, aimes l'idée*), d'un côté il met la date à laquelle ils furent conçus, et de l'autre celle à laquelle il **accomplit cette grande œuvre; mais ces**

vers en général ne valent rien du tout, ils ne sont même pas corrects au point de vue grammatical et avec tout leur prétendu révolutionnarisme sont communs et froids. Le malheur est que M. *** ne peut pas faire une seule citation étrangère sans faire une faute grossière. Ce n'est pas une moquerie comme vous pensez que de provoquer une pareille faiblesse, mais de la pitié. Je pourrai vous nommer des jeunes gens aux opinions beaucoup plus brutales, aux formes beaucoup plus rudes, devant lesquels moi, vieillard, je découvre ma tête, parce que je trouve en eux une force réelle, de l'esprit et du talent, et là il n'y a rien de semblable, rien. Vous allez vous en convaincre bientôt vous-même. J'ajouterai à ce propos que plusieurs de vos amis, surtout M. ***, font une impression beaucoup plus avantageuse que les *Léo* russes; mais un cachet de sans talentuosité se voit sur tous sans exception. Comment, vous aussi, vous dites que dans Bazaroff j'ai voulu faire la caricature de la jeune génération! Vous répétez ce....., excusez ce sans-gêne d'expression, reproche inepte. Bazaroff, cet enfant chéri, à cause duquel je me suis brouillé avec Katkoff, sur lequel j'ai dépensé toutes les couleurs dont je dispose, Bazaroff, cet homme d'esprit, ce héros, carica-

ture!!! Mais je vois qu'il n'y a rien à faire ; comme
on accuse encore Louis Blanc, malgré ses protes-
tations, d'avoir créé les ateliers nationaux, ainsi
on me *raccroche le désir* de mortifier la jeunesse
par une caricature. Il y a bien longtemps déjà que
je méprise cette caricature. Je ne m'attendais pas
à voir ressusciter en moi ce sentiment, en lisant
votre lettre. Maintenant, passons à votre petite
vieille, c'est-à-dire au public ou à la critique.
Comme toute vieille, elle tient obstinément aux
opinions vulgaires ou préconçues, pour si peu fon-
dées qu'elles soient. Par exemple, elle affirme toujours qu'après mes *Mémoires d'un chasseur* toutes
mes œuvres sont mauvaises, grâce à mon absence
de Russie, laquelle, à les entendre, je ne peux
même pas connaître; mais ce reproche peut seulement se rapporter à ce que j'ai écrit après 1863.
Jusque-là, c'est-à-dire jusqu'à ma quarante-cin-
quième année, je suis resté en Russie presque
sans en bouger, sauf de 1848 à 1850, pendant lesquelles j'ai écrit précisément les *Mémoires d'un
chasseur*, tandis que *Roudine*, une *Nichée de gentilshommes* et *Pères et Enfants* furent écrits en
Russie. Mais pour la vieille, ce n'est rien : *son siège
est fait.*

La seconde faiblesse de la vieille, c'est qu'elle suit toujours la mode.

« En littérature, la mode est à la politique : tout ce qui n'est pas politique est pour elle bagatelle ou même ineptie. On n'est pas toujours à son aise pour défendre ses propres œuvres ; mais imaginez-vous que je ne puis pas du tout accorder que même *Pan-Pan* soit une ineptie. Mais qu'est-ce donc ? demanderez-vous. Voilà ce que c'est : une étude générale du suicide russe qui est bien rarement quelque chose de poétique ou de pathétique, mais au contraire se produit presque toujours à cause de l'amour-propre, de la médiocrité mélangés de mysticisme et de fatalisme. Vous me direz que mon étude ne m'a pas réussi..... Peut-être, mais je voulais seulement vous indiquer le droit et l'opportunité des études psychologiques (non pas poliques et sociales). La petite vieille me reproche également le manque de convictions. A cela peut répondre ma vie littéraire de trente ans. D'une seule ligne écrite par moi, je n'ai eu à rougir, je n'en ai pas une seule à renier. Qu'un autre dise la même chose ! D'ailleurs, que la petite vieille bavarde, je n'y faisais pas attention avant, ce n'est pas maintenant que je commencerai. Je ne sais pas

si je ferai mon roman (*Terres vierges*) et je sais.
qu'il aura beaucoup de défauts. Mais permettez-moi de vous demander, chère madame,
pourquoi donc les jeunes gens ne prennent pas sur
eux cette tâche? Nous autres vieux leur aurions
volontiers cédé la place et l'honneur, et nous autres, les premiers, nous réjouirions au reflux de
nouvelles forces : mais sur le champ littéraire se
distinguent des romanciers du *Diélo* et des messieurs d'une nature exceptionnelle comme M. "".
Vous voyez, chère madame, que ce n'est pas vous
qui savez dire la vérité pleine et entière. »

Voilà une autre lettre où il revient encore sur ce
type bien aimé de Bazaroff.

« Votre lettre est si gentille, chère madame, que
je ne peux pas ne pas y répondre. Vous entrez en
matières par Bazaroff, moi aussi je commencerai
par lui. Vous le cherchez dans la vie réelle, et vous
ne le trouverez pas. Je vais vous dire pourquoi. Les
temps ont bien changé. Maintenant les Bazaroff ne
sont pas nécessaires ! Pour la carrière sociale à venir,
il n'y a besoin ni de talent extraordinaire ni même
d'un esprit hors ligne, rien de grand, de savant,
de trop individuel. Il faut la patience, l'amour du
travail; il faut savoir sacrifier sa personne sans

bruit et sans éclat; il faut savoir s'humilier et ne
pas mépriser un travail petit, obscur, vital, — je
prends ce mot *vital* dans le sens d'ingénu, de terre
à terre. — Qu'est-ce qui peut être, par exemple,
plus vital qu'apprendre à lire aux mougicks, les
aider, créer des hopitaux, etc.? Qu'est-ce qu'y
peuvent faire des talents et même de l'érudition?
Il faut un cœur capable de sacrifier son égoïsme :
il n'y a pas besoin même de vocation, *pour ne pas
parler* de la fameuse étoile de M.***..... Le sentiment du devoir, un bon sentiment de patriotisme,
dans le vrai sens de ce mot, voilà tout ce qu'il faut
et Bazaroff, cependant, est un type, un précurseur,
une grande figure douce, d'un certain prestige, ne
manquant pas d'une certaine auréole. Tout cela
n'est pas opportun maintenant : il est ridicule de
parler des héros et des artistes du travail. Des
natures brillantes en littérature probablement ne
viendront pas : ceux qui se jetteront dans la politique se perdront pour rien..... C'est comme ça,
mais se résigner à ce fait, à ce milieu aigri, à
cette résolution modeste, beaucoup ne le pour-
raient pas d'un seul coup, même des femmes im-
pressionnables et enthousiastes comme vous. Vous
avez beau dire, vous voulez toujours vous enthou-

siasmer et vous *donner de l'élan*. Vous écrivez vous-même que vous voulez vous agenouiller, et cependant devant des hommes seulement utiles on ne se met pas en adoration. Nous entrons dans l'époque des gens utiles seulement et ce sont les meilleurs hommes. Il y en aura probablement beaucoup de beaux, et d'enchanteurs bien peu. Dans votre recherche du Bazaroff réel se manifeste peut-être involontairement la soif du beau, quoique *sui generis*..... »

Cette susceptibilité à l'égard de l'opinion publique et, disons le mot, de la popularité est un trait caractéristique de toute l'existence de Tourguéneff. C'est peut-être grâce à ce trait qu'il se laissait entraîner à des actes que la mûre réflexion lui faisait regretter ensuite.

Voilà un fait qui pourrait bien le prouver.

Tourguéneff était en relations très suivies avec M. Lavroff. C'était une vieille connaissance qui datait, sauf erreur, de 1858. Sans doute, il ne partageait nullement ses opinions, ni ses rêveries d'une révolution prochaine en Russie. Néanmoins, il le croyait honnête et digne d'intérêt. Il y avait encore une autre cause à sa sympathie pour lui. C'est par M. Lavroff que Tourguéneff pouvait étudier ce type mystérieux qu'on appelle le nihiliste.

Un jour, comme M.Lavroff lui racontait l'enthousiasme avec lequel la jeunesse russe se groupait autour de sa Revue, surtout quand il lui raconta que des jeunes filles de familles riches donnaient tout leur argent pour *En avant*, ne se nourrissaient que de pain, vivaient dans des taudis et passaient leurs veilles à composer le journal, Tourguéneff tout ému, sans aucune provocation de la part de M. Lavroff, lui offrit un subside de 1.000 francs par an. Mais le lendemain (21 février 1874), après avoir réfléchi, lui écrivit ces lignes :

« Je donnerai par an 500 francs pour tout le temps que votre entreprise se continuera, et je lui souhaite tout le succès possible. »

En même temps il envoyait l'argent. Et il continua la cotisation deux années encore, jusqu'à ce que la Revue mourût de guerre intestine.

Le 29 avril 1875, il écrivait encore à M. Lavroff, à la veille d'un départ pour Londres :

« J'espère vous voir là-bas et causer avec vous *de omnibus rebus*. Sur le papier il n'est pas aisé de le faire. Je me bornerai à dire que votre activité avance malgré les drawbacks (reculs) inévitables. »

Il lisait même quelques fois les articles destinés à la Revue et en écrivait son avis au directeur. C'est ainsi, par exemple, qu'il disait d'un de ces écrivains : « L'auteur est un homme de talent. Il possède bien sa langue et tout son travail est échauffé par le feu de la jeunesse et de la conviction. » Et il lui conseillait « de travailler dans cette voie ».

Au mois de février 1882, M. Lavroff reçut signification d'un arrêté d'expulsion. Aussitôt que Tourguéneff en eut connaissance, il lui adressa une lettre pleine de sympathie, où il lui disait qu'il avait causé de lui avec M. Camescasse, et que celui-ci était prêt à lui donner un sursis, si M. Lavroff le demandait. Il finissait sa lettre en lui offrant ses services « s'il pouvait seulement lui être utile ».

Le même jour (11 février 1882), il parut dans le *Gaulois* un article où entre autres choses on parlait de la présentation de Lavroff au cercle des artistes russes.

« Si Pierre Lavroff, continuait M. Léo Montancey, a pu aussi longtemps rester sur le territoire français, il a dû cela à la position de fortune à peu près indépendante qu'il occupait, et surtout à la médiation de M. Tourguéneff qui, par ses relations, put le sauver plusieurs fois. »

Le lendemain, Tourguéneff adressa la lettre suivante à M. de Cyon.

Dimanche, 12 février.

« Monsieur le Directeur,

« Je vois avec une certaine surprise que dans *Le Gaulois* d'aujourd'hui mon nom se trouve mêlé au récit de l'expulsion de M. Pierre Lavroff.

« C'est comme littérateur que j'ai connu M. Lavroff à Saint-Pétersbourg, alors qu'après avoir été colonel de l'artillerie de la garde, il professait l'art militaire et publiait des ouvrages de philosophie; c'est comme littérateur que je l'ai introduit un soir à mes soirées musicales et littéraires du *Cercle des artistes russes à Paris*.

« Quant à sauver M. Lavroff, je n'en ai jamais eu le pouvoir ni l'occasion, et nos opinions politiques diffèrent à ce point que dans une de ses publications, M. Lavroff m'a formellement reproché de m'être toujours opposé comme *libéral* et *opportuniste* à ce qu'il nommait le développement de l'idée révolutionnaire russe.

« Je vous prie, Monsieur, de vouloir bien publier
cette rectification et d'agréer l'expression de mes
sentiments très distingués. »

Nul doute que ce désaveu n'était dû qu'à la timidité innée de Tourguéneff, qui s'imaginait toujours
qu'il pouvait être persécuté en Russie. Son caractère mobile et bon l'entraîna souvent à des actes
que la timidité lui faisait tout aussitôt rétracter.
C'est ainsi qu'après avoir patronné *En cellule* au
Temps, aussitôt que le journal de M. Kitkoff l'eut
accusé de faire la courbette comme un clown
devant la presse russe, il adressa à la *Molva*
cette lettre où il fait sa profession de foi politique :

Paris, 30 décembre 1879.

« Sans vanité ni ambages, rien qu'en constatant
un fait, j'ai le droit d'affirmer que les convictions
que j'ai défendues dans la presse et de vive voix
n'ont pas changé d'un iota ces derniers quarante
ans. Je ne les ai cachées jamais, ni devant personne. Aux yeux de notre jeunesse, parce qu'il
s'agit ici d'elle, à ses yeux, à quelque parti qu'elle
appartienne, j'ai toujours été et je suis resté un

modéré, un libéral de l'ancienne mode, dans le sens anglais, dynastique, un homme qui *attend les réformes d'en haut*, adversaire en principe de la révolution, sans parler des ignominies des derniers temps. La jeunesse avait le droit de m'apprécier ainsi, et je me serais regardé comme indigne d'elle et de moi-même, si j'avais voulu me présenter sous un autre jour. Les ovations dont parle l'*Habitant d'une autre ville* (Markévitch, le romancier réactionnaire connu) m'étaient agréables et chères précisément parce que ce n'était pas moi qui allait à la rencontre de la génération nouvelle, mais elle qui venait à moi. Elles m'étaient chères, ces ovations, comme preuve d'une sympathie manifeste pour ces idées auxquelles je suis resté fidèle et que j'ai affichées dans mes discours adressés à ceux qui ont bien voulu m'honorer. »

Pendant ces ovations que Tourguéneff vient de rappeler, il lui est arrivé un fait très peu connu et dont je garantis cependant l'authenticité. « Les étudiants de l'école des mines de Saint-Pétersbourg, voulant organiser une soirée musicale et littéraire, eurent l'idée d'inviter Tourguéneff à y lire un fragment de ses œuvres. A cet effet, une députation d'étudiants lui fut envoyée. Tourguéneff refusa carrément, en déclarant qu'il lui était formellement défendu de paraître devant la jeunesse et d'accepter ses ovations. A ce propos, il leur exposait ses théories politiques, leur faisait prévoir qu'il rentrerait prochainement en Russie pour y rester et y lutter contre l'ordre de choses établi. La députation revint à demi-folle de joie et d'enthousiasme et aussitôt les camarades lui firent une adresse pour l'encourager dans cette voie et la lui ont fait porter par une seconde députation. L'adresse parlait de la sympathie profonde, de la joie vive que les étudiants avaient éprouvé en apprenant sa détermination. Ils disaient que le mouvement qui existe parmi les classes instruites n'est ni un, ni organisé, qu'il n'a pas de but bien défini, que beaucoup d'efforts et de forces se perdraient sans aucun résultat. Puis, en s'adressant à Tourguéneff, on lui disait que c'était lui et lui seul qui pourrait donner une forme à ce mouvement, unir tous les partis, lui donner des forces et de la stabilité : « Tenez donc bravement et haut votre étendard, et à votre voix puissante et claire toute la Russie répondra. Vous serez compris par les pères et les enfants. »

Tourguéneff écouta cette adresse debout en baissant la tête, soupira et prit l'adresse; puis, en nous serrant la main, raconte un de ces étudiants, s'assit et nous invita à suivre son exemple.

— Certainement cette adresse, commença-t-il en la tournant et en la retournant dans ses mains, je la conserverai jusqu'à la fin de mes jours comme le meilleur souvenir de ma vie.

Puis, reprenant après un silence :

— Oui, je pensais que ma présence en Russie n'est pas nécessaire, que je puis rester tranquillement à Paris; mais, après tout ce que j'ai vu et entendu, je conclus que je dois retourner en Russie.

— Je sais, continua-t-il, en regardant par la fenêtre et comme s'il se parlait à lui-même, je sais que cette affaire n'est pas facile. Il y faudrait un homme jeune, énergique, et moi qui suis vieux ! mais que faire ? Je ne vois personne qui ait une instruction aussi solide, une position meilleure dans la société, un tact politique supérieur au mien. Eh bien ! il faut se décider. Certainement, c'est difficile pour moi. Il faut renoncer à beaucoup de choses, se détacher d'une famille avec laquelle je vis depuis longtemps : elle ne me suivra pas, disait-il d'une voix très basse, en frottant de ses doigts son front légèrement rougi. Eh bien ! quoi ? s'interrompit-il tout d'un coup, plus animé et nous regardant, n'ai-je pas déjà sacrifié beaucoup de choses quand je me mis à écrire mes *Récits d'un chasseur!* On peut donc sacrifier encore.

Il secoua la tête comme pour rejeter en arrière ses longs cheveux blancs.

A ce moment, on annonça une visite.

Tourguéneff fit la grimace, réfléchit un moment et puis s'adressant à nous :

— Écoutez, messieurs : ne parlez pas devant lui ; c'est un blagueur, il va là-bas, chez les grands personnages et à la cour.

Nous comprîmes et nous nous levâmes.

— Oui, ce sera mieux.

Et il nous serra amicalement la main et nous remercia encore en nous reconduisant.

La porte s'ouvrit et le visiteur entra. Tourguéneff lui tendit la main et, ne le lâchant pas, l'introduisit dans la chambre ; puis, nous rattrappant dans le corridor :

— Je ne vous dis pas adieu, messieurs, mais au revoir.

Il n'y a aucun doute qu'en parlant ainsi, Tourguéneff, lui, le sceptique était sincère. Sa nature d'artiste émue et vibrante, pénétrée par les marques d'affection que venait de lui prodiguer la jeunesse, lui faisait oublier pour un moment ses idées et son caractère et lui faisait promettre des choses qu'il ne pensait pas accomplir.

Je me souviens aussi de quelques épisodes du même genre qui faisaient de lui deux personnes tout à fait distinctes. Celui qui aurait connu la première n'aurait pu croire à l'existence de la deuxième.

C'était le lendemain de l'attentat de Solovieff. Je vins le voir et le trouvai dans un état d'irritation indescriptible. A peine eus-je mis le pied sur le seuil de la pièce, qu'il m'aborda :

— C'est inouï, abominable, ce nouvel attentat ! Ils feront reculer la Russie de cinquante ans, avec leurs crimes ineptes ! Voilà qu'on parle déjà de fermer les universités. Des milliers de jeunes gens vont périr en Sibérie et tout cela pourquoi ? A-t-on jamais vu que ces attentats avaient un autre résultat ? Prenez l'histoire, vous n'y trouverez pas que des conspirateurs aient pu tuer un souverain !

Il ne me restait qu'à l'écouter ; moi non plus, je

n'avais aucun détail sur l'attentat, et j'en attendais avec angoisse.

Le même jour, je crois, Tourguéneff alla voir notre ambassadeur pour le féliciter de ce que l'Empereur avait échappé à la tentative des assassins.

Il assista également à la messe d'actions de grâces, quoiqu'il fut libre-penseur et détestât l'apparat religieux d'une manière toute particulière.

Quelques mois s'écoulèrent.

Un jour, comme j'entrais chez lui, il m'accueillit en ces termes :

— Quelle chose extraordinaire ! Imaginez-vous que j'ai rencontré un fonctionnaire haut placé qui assista au jugement de Solovieff. Il ne put parler de Solovieff que les larmes aux yeux. Il le peint comme un jeune homme grand et svelte, aux longs cheveux jetés en arrière, aux manières aristocratiques et calmes, parlant aux juges comme un prince à ses domestiques.

Cette comparaison l'avait tant frappé qu'il la répéta plusieurs fois pendant notre entrevue. La figure de Solovieff lui paraissait maintenant belle et héroïque et en s'entraînant il le peignit de traits

si délimités que je croyais le voir. Seulement il
faut ajouter que quand je vis plus tard la photographie de Solovieff, elle ne ressemblait nullement au portrait fait par Tourguéneff. C'est donc
son imagination surexcitée qui avait fait tous
les frais de ce portrait.

C'est encore ce trait de caractère qui faisait
que Tourguéneff, après avoir lu le discours prononcé à l'audience par la jeune révolutionnaire
russe Sophie Bardine, s'inclinait et baisait, dit-on,
le papier.

Nous voyons donc que Tourguéneff était trop
changeant pour être en un sens quelconque un
homme politique. Il ne fut jamais ni nihiliste ni
révolutionnaire, et les quelques épisodes que nous
avons cités plus haut ne sont advenus que parce
qu'il considérait les révolutionnaires en artiste.
Comme tels, ils excitaient son imagination et l'en-
trainaient comme un enfant. Aussitôt après réflexion, il redevenait sceptique et — c'était là
sa disposition d'esprit ordinaire, — ne croyant
jamais à des résultats palpables de leurs agita-
tions, quoiqu'il conservât toujours une grande
sympathie pour cette jeunesse, dont il estimait
surtout l'esprit constant de sacrifice. Ces deux

tendances de son esprit se manifestent bien clairement dans deux poèmes en prose dont l'un a été publié dans le *Messager de l'Europe* et dont nous donnons ici la traduction pour la première fois.

L'HOMME DE PEINE ET L'HOMME AUX MAINS BLANCHES

(Conversation)

L'homme de peine. — Pourquoi te fourres - tu ici ? Que veux-tu ? Tu n'es pas des nôtres. Va-t-en !

L'autre. — Je suis des vôtres, frères.

L'homme de peine. — Des nôtres ! en voilà une nouvelle ! Regarde seulement mes mains : vois comme elles sont sales, elles sentent le fumier et le goudron. Les tiennes sont blanches. De quoi sont-elles parfumées ?

L'autre (lui tendant ses mains). — Sens-les.

L'homme de peine (après avoir senti). — Que c'est étonnant ! On dirait qu'elles sentent le fer.

L'autre. — Oui, le fer. Six ans entiers j'ai porté sur elles des chaines.

L'homme de peine. — Pourquoi cela ?

L'autre. — Parce que je songeais à votre bonheur. J'ai voulu vous affranchir, vous, pauvres gens obscurs. Je me révoltai contre vos oppresseurs. Je m'insurgeai. C'est pour cela qu'on m'a incarcéré.

L'homme de peine. — Incarcéré? Et pourquoi t'insurgeais-tu?

DEUX ANS APRÈS

Le même homme de peine à un autre.

L'homme de peine. — Ecoute, Piotra !..... Te souviens-tu d'un jeune monsieur qui t'a parlé il y a deux ans?

L'autre. — Oui. Eh bien ! Quoi?

L'homme de peine. — On va le pendre aujourd'hui, vois-tu? C'est l'ordre qui est sorti.

L'autre. — Il s'insurgeait donc toujours?

L'homme de peine. — Toujours.

L'autre. — Oui..... Eh bien ! ami Mitri, ne pourrions-nous pas nous procurer de cette corde avec laquelle on va le pendre? On dit que ça porte un grand bonheur à la maison.

L'homme de peine. — C'est vrai. Il faut tâcher d'en avoir, frère Piotra.

14.

L'autre n'a pas été publié en Russie, Tourguéneff l'ayant éliminé de ses œuvres à cause de la
censure. Il me l'a lu en 1882, ainsi qu'à beaucoup
d'autres Russes résidant à Paris. D'ailleurs, il suffit
de le lire pour se convaincre que le morceau est
authentique. Il n'existait en français que dans la
mauvaise traduction d'après l'anglais d'un mauvais livre de M. Stepniak ; le voici :.

LE SEUIL

Je vois un grand édifice : dans le mur extérieur
une porte étroite ouverte toute grande. Derrière
la porte, une obscurité lugubre. Devant le haut
seuil se tient une jeune fille..... une jeune fille
russe.

Cette obscurité est épaisse ; elle dégage un
froid terrible et, avec l'air glacial, des profondeurs de l'édifice, sort une voix lente et étouf-
fée :

— Oh! tu veux enjamber ce seuil : sais-tu ce qui
t'attends?

— Oui, répond la jeune fille.

— Froid, famine, haine, dérision, mépris, insul-
tes, prison, maladie, la mort même!

— Je le sais.

— Abandon absolu, isolement?

— Je le sais..... je suis prête. Je supporterai toutes les souffrances, tous les coups.

— Non seulement des ennemis, mais des parents, des amis?

— Oui, d'eux aussi....

— Bien. Tu es prête pour le sacrifice?

— Oui.

— Un sacrifice anonyme? Tu périras et nul, nul ne saura quelle mémoire il doit vénérer.

— Je n'ai pas besoin de reconnaissance ni de commisération. Je n'ai pas besoin de renom.

— Es-tu prête..... à commettre un crime?

La jeune fille baissa la tête.

— A cela aussi.....

La voix se tut un peu avant de continuer ses questions.

— Sais-tu, commença-t-elle enfin, que tu peux perdre ta foi en ce que tu crois aujourd'hui? Tu peux comprendre que tu t'es trompée, que tu as perdu pour rien ta jeune vie?

— Je sais cela encore, et tout de même je veux entrer.

— Entre.

La jeune fille enjamba le seuil et un lourd rideau tomba derrière elle.

— Imbécile ! grinça quelqu'un.

— Sainte ! répondit une autre voix on ne sait d'où.

En parlant de ses amis les libéraux russes, Tourguéneff n'épargnait pas les critiques. En eux, il ne trouvait ni énergie ni sincérité, ni aucuns sentiments civiques. Ces dernières années, après son retour de Russie, il regardait les doctrines de notre nation sous un jour très sombre. Il avait passé l'été dans ses terres d'Orel ; il y avait vu de près la nouvelle génération des paysans, et c'est avec une tristesse véritable qu'il racontait les changements opérés dans ce milieu, la multiplication des koulaks, la soif de s'enrichir coûte que coûte.

— Jadis, disait-il, je croyais aux réformes qui viennent d'en haut ; maintenant, je suis tout à fait désillusionné. Je me serais uni au mouvement de la jeunesse si je n'étais si vieux et si je pouvais croire aux résultats du mouvement d'en bas. Le nouveau type social dont j'ai constaté l'existence, le paysan lettré qui lit les journaux, méprise et vole les autres paysans, est cent fois pire que le noble d'autrefois.

Se mettre à la tête de la jeunesse, c'était vite dit : pour ma part, je suis certain que Tourguéneff ne l'eût jamais fait. Sitôt ses belles hardiesses lancées au vent, il était pris de crises de peur du plus haut comique.

Je me souviens qu'en 1882, un incident simplement le mit au désespoir. Il était venu à l'ambassade russe un mouchard ou peut-être un aspirant à ce rang honorable, qui annonça avoir surpris, dans un café, un dialogue entre deux Russes qui causaient tout simplement du plan d'un attentat contre la vie du tzar. Il disait encore avoir entendu quelques noms et avoir trouvé un fragment de lettre, jetée par un des conjurés après s'en être servi pour allumer son cigare. Ce fragment était de la main de Tourguéneff. Interrogé par qui de droit, Tourguéneff reconnut son écriture. A ce propos, il y eut un échange de lettres et de télégrammes entre Paris et Saint-Pétersbourg. Des enquêtes de toute sorte eurent lieu jusqu'à ce qu'on reconnut la fausseté de la dénonciation, et le prince Orloff assura le gouvernement de l'innocence de Tourguéneff.

Tourguéneff se croyait suspect au gouvernement russe, et aussi, je crois, à la police française.

— Sa maison, me racontait-il, était toujours surveillée, et à la Préfecture on le nommait le Loup-Blanc.

Il n'aurait été ni le premier ni le dernier innocent que la police parisienne eut expulsé un beau matin en le prenant, malgré toutes les invraisemblances, pour un conspirateur terrible. Lors de l'incident du *Temps*, il me disait un jour d'un air très sérieux que sa préface lui vaudrait l'exil, s'il retournait en Russie, ou la confiscation de ses biens s'il n'y allait pas.

— De grâce, Ivan Sergueiévicth, vous ne savez pas qui vous êtes : toute l'Europe vous connait et vous estime. Naguère encore, une des plus antiques universités d'Angleterre vous a nommé docteur en droit pour les services que vous avez rendus à la cause de l'humanité. Et vous parlez d'exil et de confiscation !

Et lui de répondre d'un air fâché :

— Tout ça n'est rien. On m'exilera comme le premier venu. En Russie, on ne regarde pas le mérite. Je suis pour les hommes du pouvoir un adversaire et cela suffit.

Tourguéneff avait trop longtemps habité la France pour qu'il ne soit pas fort intéressant de savoir quelle appréciation il portait sur ce pays et son état politique.

En parlant de la France, Tourguéneff la critiquait avec une liberté toute filiale, la liberté qui fait si souvent médire de leur patrie les Français les plus attachés à leur pays. Cependant quelle que fut sa sympathie, son point de vue était toujours russe.

Beaucoup de choses le choquaient dans la vie sociale des Français : surtout la situation de la famille et leurs idées sur la femme. Il trouvait à cet égard les idées françaises trop étroites et préférait ses idées propres. Il affirmait même souvent que, quand il exposait ses vues à ses amis français ils ne pouvaient parvenir à les comprendre : il citait par exemple Henri Martin qui était cependant un esprit avancé; mais ce qu'il se permettait, il ne le permettait pas aux autres. Il lui suffisait d'entendre un mot contre la France pour que son amour pour ce pays éclatat.

Les Russes, les jeunes nihilistes surtout, qui

voulaient afficher leurs idées, critiquaient verte-
ment la manière de vivre des Français. Pour les
uns, il n'y avait en France que des bourgeois;
les autres signalaient l'étroitesse de vue des
Français sur la famille et l'amour.

Alors Tourguéneff éclatait :

— Je ne cromprends pas, disait-il à une jeune
fille, qui, le lendemain de son arrivée, lui faisait
part de ses observations, je ne comprends pas que
vous osiez avoir déjà une opinion, quand vous ne
savez rien sur la France. Vous venez de débar-
quer..... Ce sont des phrases toutes faites que vous
débitez-là.....

— Mais je dis ce que j'ai lu et entendu.

— Vous n'avez rien entendu, vous n'avez rien
lu. Il est à la mode chez nous d'éreinter les Fran-
cais à ce sujet; mais je puis vous affirmer que la
famille française a des bases bien plus solides que
la nôtre.

Et il exposait ses observations en appuyant toujours sur les idées les plus favorables à la France.
Occidental qu'il était, il ne voyait dans ce dénigre-
ment qu'un fond d'idées slavophiles et on sait combien il les abominait.

En France, il se lia avec les républicains modé-

rés genre Jules Simon; puis, ses amitiés du *Temps*
y aidant, avec les opportunistes : il détestait également radicaux et réactionnaires. Un jour, pendant
le 16 Mai, le correspondant d'un grand journal
russe vint le trouver pour savoir son opinion sur
le duc de Broglie. Tourguéneff ne ménagea point
le président du Conseil. Seulement, quand le jour-
naliste prit congé, il le pria de ne pas le nommer
s'il se servait de ses renseignements. L'autre s'empressa d'expédier à Saint-Pétersbourg l'*Opinion de
Tourguéneff sur le duc de Broglie*. Quand Tourguéneff apprit cette indiscrétion, il fut terrifié autant qu'indigné. Il fit venir le correspondant et le
tança de la belle façon, lui demandant de rétracter
ses appréciations, le menaçant d'un démenti public.

— On peut m'expulser, disait-il, et je tiens à
rester à Paris. Puis, M. de Broglie a un fils qui peut
m'appeler sur le terrain au lieu de son père que sa
situation en empêche actuellement. Quelle figure y
ferai-je, moi qui suis un vieillard et un malade !

Bien après le 16 Mai, Tourguéneff fut présenté à
Gambetta, chez Mme Adam. Flaubert était dans une
position gênée : il s'agissait d'obtenir pour lui une
place de bibliothécaire à la Mazarine. On songea à
intéresser Gambetta, qui passait pour aimer les

15

lettres, à la situation de l'auteur de *Madame Bo-vary*. La présentation eut lieu à une réception. L'ancien tribun était allongé sur une chaise-longue et fumait voluptueusement. Au lieu de saluer, il fit un signe de tête sans se lever, et quand Tourguéneff commença à lui expliquer l'affaire, il l'interrompit en disant :

— Non, monsieur, cela ne peut pas se faire.

Tourguéneff, indigné, racontait le lendemain la scène à qui voulait l'entendre et quelques jours après les journaux russes firent quelque bruit de cette anecdote.....

Plus tard, Tourguéneff vit Gambetta et devint son ami. A partir de ce moment, il s'efforça d'atténuer cette histoire en disant qu'on l'avait présenté à Gambetta du côté où il était borgne. Les amis de l'inventeur de l'opportunisme racontèrent de leur côté que Gambetta avait mal reçu la supplique parce qu'il tenait Flaubert pour un bonapartiste. D'après eux, il aurait répondu avec impatience au romancier russe :

— Mais je ne peux pas me faire présenter tout le monde !

Les deux versions sont aussi jolies.

L'EXÉCUTION DE TROPPMANN

I

Au mois de janvier de cette année, me trouvant
à Paris, à table chez un de mes amis, je reçus
de Maxime Ducamp l'invitation tout à fait inatten-
due d'assister à l'exécution de Troppmann.

Il ne s'agissait pas seulement de son exécution;
Ducamp me proposait de me faire mettre au rang
des rares privilégiés autorisés à entrer dans la prison même.

On n'a pas encore oublié le crime horrible com-
mis par Troppmann; mais, en ce temps-là, Paris

s'intéressait autant, sinon plus, à lui et à son exécution prochaine, qu'au nouveau ministère pseudo-
parlementaire, qu'à l'assassinat de Victor Noir tué
de la main du prince Pierre Bonaparte si étonnam-
ment acquitté depuis.

Dans toutes les vitrines des photographes, on
voyait des rangées entières de portraits qui représentaient un jeune gaillard, au large front, aux
petits yeux noirs, aux lèvres lippues. C'était l'illustre assassin de Pantin.

Depuis plusieurs nuits de suite, des milliers de
blousards se rassemblaient dans les environs de la
Roquette, pour voir si on n'allait pas monter la
guillotine, et se dispersaient seulement après minuit.

Pris à l'improviste par l'invitation de Ducamp,
je ne réfléchis pas longtemps et j'acceptai. Une fois
ma parole donnée d'être au rendez-vous, près de la
statue du prince Eugène, au boulevard du même
nom, à onze heures du soir, je ne voulus plus la
reprendre. Une fausse pudeur m'empêcha de
le faire. Si on allait penser que je manque de
courage !

Pour me punir moi-même et donner un ensei-
gnement aux autres, je veux maintenant raconter

tout ce que j'ai vu, revivre par le souvenir toutes
les pénibles impressions de cette nuit. Peut-être
la curiosité du lecteur ne sera pas seule satisfaite ;
peut-être trouvera-t-il quelque utilité dans mon
récit.

II

Devant la statue du prince Eugène, avec une
poignée d'hommes, Ducamp nous attendait.

Parmi eux, se trouvait également M. Claude, le
célèbre chef de la police de sûreté, à qui Ducamp
me présenta.

Les autres étaient, comme moi, des visiteurs privilégiés, journalistes, chroniqueurs, etc.

Ducamp me prévint que très probablement nous
aurions à passer la nuit sans sommeil dans l'appartement du commandant-directeur de la prison.
L'exécution des condamnés a lieu, l'hiver, à sept
heures du matin ; mais il fallait être rendu avant
minuit : autrement on ne pourrait plus fendre la
foule.

De la statue du prince Eugène jusqu'à la place de la Roquette, il n'y a pas plus d'un demi-kilomètre. Je n'ai encore rien vu d'extraordinaire. Il n'y avait, sur les boulevards, pas plus de monde que d'ordinaire. On eût peut-être pu remarquer que tous avançaient, quelques-uns mêmes, surtout les femmes, par saccades, dans la même direction. En outre, tous les cafés, tous les mastroquets étincelaient de lumière, ce qui est rare dans ce quartier éloigné de Paris, surtout à une heure si tardive.

La nuit n'était pas brouillardeuse, mais terne, humide sans pluie, froide sans frimas, une vraie nuit française de janvier.

M. Claude déclara qu'il était temps d'aller, et nous nous mîmes en route.

Il conservait son sans-gêne tranquille d'homme affairé, chez lequel des accidents pareils ne produisent plus d'autre sensation qu'un désir de se débarrasser au plus vite d'un devoir qui manque de gaieté.

M. Claude est un homme d'une cinquantaine d'années, de taille moyenne, trapu, aux larges épaules, à la tête ronde, aux cheveux ras, aux traits petits, presque minuscules. Le front seul, le

menton et la nuque, sont excessivement larges.
Une énergie inébranlable se pressent dans sa voix
égale et sèche; dans ses petits yeux pâles et gris,
dans ses doigts courts et forts, dans ses pieds
musclés, dans tous ses mouvements lents mais
fermes. Il est, dit-on, un maître dans son art, un
malin qui inspire une grande terreur à tous les voleurs et assassins. Les criminels politiques ne sont
pas de son ressort.

Son collègue, M. J., que Ducamp me loua aussi
beaucoup, a l'air d'un homme doux, presque senti-
mental, de manières plus fines.

A part ces deux messieurs, et peut-être aussi
Ducamp, nous étions tous — ou peut-être cela
m'a-t-il paru ainsi — un peu gênés et comme confus, quoique nous suivions vaillamment la file,
comme à la chasse.

A mesure que nous nous approchions de la prison, il devenait plus populeux autour de nous,
quoique de vraie foule il n'y en eût pas encore. On
n'entendait ni cris ni conversations à haute voix.
On voyait que la *représentation* ne commençait
pas encore. Seuls, les gamins tourbillonnaient autour; et, fourrant les mains dans les poches de
leur pantalon et rabattant la visière de leur cas-

quette sur leur nez, ils marchaient de çà et de là
avec cette démarche trainante, cette démarche de
canard qu'on ne voit qu'à Paris, et qui, en un clin
d'œil, se transforme en une course agile et des
bonds de singe.

— Le voilà, le voilà! c'est lui! dirent quelques
voix autour de moi.

— Savez-vous? me dit Ducamp. On vous prend
pour le bourreau.

— Un bon début, pensai-je.

M. de Paris, avec lequel je fis connaissance cette
même nuit, est aussi chenu et de la même taille
que moi.

Tout à coup surgit un espace pas trop large,
limité des deux côtés par des édifices semblables à
des casernes, d'un aspect sale, d'une architecture
vulgaire.

C'est la place de la Roquette.

A gauche, se trouve une prison, celle des jeunes
détenus; à droite, la maison de dépôt pour les condamnés, ou la prison de la Roquette.

III

Cette place était coupée en travers par des soldats placés sur quatre rangs. Quatre rangées pareilles s'alignaient à quatre cents pas derrière les
premiers. Généralement, il n'y a pas de soldats;
mais cette fois, le gouvernement, à cause du renom de Troppmann et de l'état des esprits échauf-
fés par l'assassinat de Noir, croyait utile de ne pas
se limiter à la police seule et employait des mesures extraordinaires.

Les portes principales de la Roquette se trouvaient juste au milieu du vide laissé par les soldats.
Quelques sergents de ville se promenaient lentement devant les portes.

Un jeune officier, assez gros, avec un képi très
richement galonné, se précipita sur notre groupe
avec une insolence qui m'a aussitôt rappelé le
temps passé dans ma patrie; mais, ayant reconnu
les siens, il se calma.

Avec de grandes précautions, on entr'ouvrit à
peine les portes et on nous laissa passer dans un

15.

petit poste, près des portes. Après nous avoir
bien regardés et questionnés, on nous conduisit
à travers deux cours intérieures, l'une grande
et l'autre petite, dans l'appartement du commandant.

Ce commandant, un homme fort, haut, avec des
moustaches et une barbiche grises, la figure typi-
que d'un officier de ligne français, le nez aquilin,
les yeux immobiles et rapaces, et le crâne tout
petit, nous reçut avec bonhomie et amabilité. Mais,
malgré sa propre volonté, à chacun de ses gestes
et de ses mots, on ne pouvait point ne pas remarquer que c'était un *gaillard solide*, un serviteur
aveuglément dévoué, qui ne s'arrêterait pas devant
l'exécution d'un ordre de son maître, quel qu'il
soit. D'ailleurs, il a déjà prouvé son zèle : la nuit
du coup d'État du Deux-Décembre, il occupa avec
son bataillon l'imprimerie du *Moniteur*.

Comme un vrai galant homme, il mit à notre
disposition tout son appartement. Il se trouvait au
second étage du corps principal, et consistait en
quatre pièces assez bien meublées. Dans deux de
ces pièces, il y avait des cheminées avec du feu.
Une petite levrette, avec une patte déhanchée et
des yeux tristes, comme si elle se sentait également

prisonnière, en faisant frétiller sa queue, boitait d'un tapis sur l'autre.

Nous autres, — je veux dire les visiteurs, — nous étions huit.

Quelques-uns m'étaient connus d'après leurs photographies (Sardou, Albert Wolf), mais je ne voulais causer avec personne.

Nous étions assis sur des chaises. Ducamp était sorti avec M. Claude.

Il va sans dire que Troppmann est devenu le sujet de notre conversation et comme le centre de toutes nos pensées.

Le commandant nous informa que depuis neuf heures du soir il s'était rendormi et dormait d'un sommeil profond; qu'à ce qu'il paraît, il se doutait du sort de son recours en grâce; que lui, commandant, il l'avait supplié de dire toute la vérité et que, comme avant, il affirmait avec obstination qu'il avait des complices qu'il ne voulait pas nommer; que probablement à la dernière minute il défaillerait; que d'ailleurs il mangeait avec appétit et ne lisait pas, etc.

De l'autre côté, quelques-uns parmi nous discutaient s'il fallait ajouter foi aux affirmations du criminel qui s'était montré menteur incorrigible.

On répétait les détails du crime, on se demandait quelles seraient les opinions des phrénologues sur Troppmann, on soulevait la question de la peine de mort...

Mais tout cela était si mou, si plat, avec des phrases si communes, que ceux-mêmes qui parlaient n'avaient pas envie de continuer.

Causer de tout autre chose, on ne se sentait pas à l'aise pour le faire. C'était impossible par le seul respect de la mort et de l'homme qui lui était dévolu.

Nous tous étions possédés d'une inquiétude lente qui nous faisait languir. Personne ne s'ennuyait, mais cette sensation poignante était cent fois pire que l'ennui. Il paraissait d'avance que cette nuit n'aurait pas de fin. Je ne sentais qu'une chose, c'est que je n'avais pas le droit de me trouver là où j'étais, qu'aucune raison psychologique et philosophique ne justifiait ma présence.

M. Claude rentra et nous raconta comment le célèbre Jud lui avait filé entre les doigts. Il ne perdait pas, disait-il, l'espoir de le rattraper s'il vivait encore. Soudain retentit un bruit lourd de roues ; et quelques moments après, on vint nous dire que la guillotine était arrivée. Nous nous jetâmes tous dans la rue comme réjouis.

IV

Tout près devant les portes était arrêtée une lourde voiture fermée, attelée de trois chevaux à l'enfilade. Une autre voiture à deux roues, basse, petite et qui avait l'aspect d'une caisse oblongue, attelée d'un cheval, était là aussi un peu à l'écart. Cette voiture était destinée, comme nous le sûmes ensuite, à recevoir le corps après le supplice et à le porter au cimetière.

On voyait près de la voiture plusieurs ouvriers à blouses courtes.

Un monsieur de grande taille en chapeau rond, en cravate blanche, en paletot d'été jeté sur ses épaules, donnait des ordres à demi-voix.

C'était le bourreau.

Toutes les autorités, le commandant, M. Claude, le commissaire de police du quartier et les autres, l'entourèrent et le saluèrent.

— Ah! Monsieur Hendrick! Bonsoir M. Hendrick! les entendait-on s'exclamer.

Son vrai nom était Heidenrich.

Il était Alsacien.

Notre groupe s'approcha aussi de lui. Pour un moment, il était devenu notre centre.

Dans la manière de le traiter, on distinguait une familiarité tendue, mais respectueuse, comme si on voulait lui dire : « Nous autres, nous ne vous dédaignons pas. Vous êtes toujours un personnage très important. » Quelques-uns de nous, *peut-être pour le chic*, lui serrèrent même la main.

Ses mains sont belles, très blanches. Je me rappelai le *Poltava* de Pouchkine :

Le bourreau jouait de ses blanches mains.

M. Hendrick était très simple, très doux, très poli, avec une certaine gravité patriarcale. On aurait dit qu'il sentait que, cette nuit, il était à nos yeux la première personne après Troppmann, et comme son premier ministre.

Les ouvriers ouvrirent la voiture et commencèrent à en tirer toutes les parties constitutives de la guillotine qu'on devait ériger, ici même, à quinze pas de la porte. Deux lanternes commençaient à se promener en avant et en arrière, éclairant par petits cercles lumineux les pierres carrées du pavage.

Je regardai ma montre : il n'était que minuit.

L'air était devenu encore plus obscur et plus froid.

Il y avait déjà foule. Derrière la haie de soldats qui s'effrangeaient devant le carré réservé à l'échafaud commença à s'élever un brouhaha.

Je m'avançai vers les soldats. Immobiles, ils étaient un peu serrés et avaient rompu la régularité primitive des rangs. Leur physionomie n'exprimait rien : l'ennui froid et la patience obéissante.

Même les figures que je voyais derrière les shakos des soldats, derrière les tricornes et les sergents de ville, les figures des blousards et des ouvriers, exprimaient la même chose, seulement avec un mélange de sourire indéfinissable. En avant, du fond de la foule qui se mouvait lourdement et qui se portait en avant, jaillissaient des exclamations :

— Ohé Troppmann !... Ohé Lambert !... Fallait pas qu'y aille !

Des cris, des sifflements perçants. On entendait distinctement une querelle et des injures au sujet des places. Un lambeau de chanson cynique rampait en serpentant. Tout d'un coup retentissait un rire aigu qui était soulevé par d'autres, et se mourait dans un large éclat. La véritable affaire n'était pas encore commencée. On n'entendait ni les cris antidynastiques qui étaient attendus, ni le grondement orageux de la *Marseillaise*.

Je revins dans le voisinage de la guillotine, qui s'élevait lentement.

Un monsieur, aux cheveux bouclés, brun, chapeau gris, probablement un avocat, se tenait près d'elle et haranguait en gesticulant de sa main droite, l'index séparé, de haut en bas, et en fléchissant même les genoux pour accompagner l'effort. Il avait assumé la tâche de prouver à deux ou trois messieurs de l'entourage, en paletots boutonnés jusqu'en haut, que Troppmann n'était pas un assassin, mais un maniaque.

— Un maniaque, je vais vous le prouver. Suivez mon raisonnement, affirmait-il. Son mobile n'était pas l'assassinat, mais un orgueil que je nommerai volontiers démesuré... Suivez mon raisonnement.

Les messieurs en paletots suivaient son raisonnement, mais à en juger par leur physionomie, il est douteux qu'il les ait convaincus.

Un ouvrier, qui se tenait sur la plate-forme de la guillotine, le regardait même avec un mépris non dissimulé.

Je revins dans l'appartement du commandant.

V

Plusieurs de nos *camarades* y étaient déjà réunis de nouveau.

L'aimable commandant leur offrait un punch américain.

On commençait à discuter derechef si Troppmann continuait toujours à dormir, ce qu'il devait sentir, et si le bruit de la foule arrivait jusqu'à lui malgré l'éloignement de sa cellule de la rue, etc.

Le commandant nous fit voir une montagne de lettres adressées au nom de Troppmann. Lui, disait-il, ne voulait pas les lire. La plupart étaient des farces plates, des mystifications, mais il en avait aussi de sérieuses où on le conjurait de se repentir, d'avouer tout. Un pasteur méthodiste lui envoyait toute une dissertation théologique en vingt pages. Il y avait aussi des billets de femmes. Dans quelques-uns se trouvaient même des fleurs, des marguerites, des immortelles.

Le commandant nous dit que Troppmann avait essayé de se faire donner du poison par le pharmacien de la prison et lui écrivit une lettre que l'autre, cela va sans dire, remit immédiatement à qui de droit.

Il me parut que notre hôte respectable ne pouvait bien comprendre à quel propos nous prenions intérêt à une bête aussi méchante et aussi méprisable que Troppmann et il était prêt à expliquer notre curiosité par une oisiveté d'hommes du monde, de pékins.

Après avoir causé un instant, nous nous dispersâmes chacun de notre côté. Pendant toute cette nuit, nous errâmes comme des âmes en peine. On entrait dans les chambres. On s'asseyait côte à côte sur les chaises ; on s'informait de Troppmann, on regardait sa montre, on baillait, puis on descendait encore par l'escalier dans la cour. Une fois dans la rue, on revenait, on s'asseyait de nouveau.

Quelques-uns se racontaient des anecdotes piquantes, échangeaient des propos futiles. On discutait un peu politique, théâtre, assassinat de Victor Noir. D'autres essayaient de blaguer, de faire des bons mots. Seulement, ça ne marchait pas, ça provoquait un rire désagréable qui n'avait pas d'écho, une adhésion factice.

Je trouvai un tout petit canapé dans la première

chambre, et je m'y arrangeai avec peine en tâchant
de m'endormir. Certes, je ne m'endormis pas, je
ne m'assoupis même pas un seul instant.

Le brouhaha de la foule devenait toujours plus
fort, plus épais et ininterrompu.

Vers trois heures du matin, d'après le dire de
M. Claude, qui entrait, s'asseyait sur une chaise,
s'endormait tout de suite et s'en allait encore,
appelé par quelques-uns de ses subordonnés, il y
avait déjà plus de vingt-cinq mille personnes.

Ce brouhaha m'étonnait par sa ressemblance
avec les mugissements lointains du flux et du reflux
de la mer, le même crescendo Wagnérien infini
qui ne monte pas régulièrement, mais avec de
grands chuchotements et des déversements gigan-
tesques. Les notes aiguës des voix des femmes et
des enfants jaillissaient comme des éclaboussures
fines sur le bourdonnement colossal. La puissance
brutale d'une force de la nature se montrait dans
tout cela. Tantôt elle s'apaise pour un instant
comme si elle était couchée et ramassée... et la
voilà encore qui grandit, s'enfle et gronde comme
toute prête à s'élancer et à tout déchirer, qui recule
encore et peu à peu se calme, puis de nouveau
grandit... et cela n'a pas de fin. Que veut dire ce

bruit? pensai-je. Impatience? Joie? Haine?... Non, il ne sert d'écho à aucun sentiment individuel humain. Tout simplement le bruit et le brouhaha de la nature.

VI

Vers trois heures, je sortis à la rue, peut-être pour la dixième fois.

La guillotine était prête. Troubles, plutôt étranges que terribles, se dessinaient sur le ciel foncé ses deux poteaux distancés d'un mètre l'un de l'autre avec la ligne oblique d'un couteau qui les réunissait. J'avais l'idée que ces poteaux devaient être à une plus grande distance l'un de l'autre. Ce rapprochement donnait à la machine une sveltesse lugubre, la sveltesse d'un cou long, tendu comme celui d'un cygne.

Un long panier en osier, comme une malle, d'un rouge foncé, provoquait en moi un sentiment de dégoût. Je savais que les bourreaux jetteraient dans ce panier le cadavre chaud, encore palpitant, et la tête coupée.

Un peu auparavant était arrivée la garde muni-
cipale qui s'était rangée en large demi-cercle
devant la façade de la prison. Les chevaux s'é-
brouaient de temps en temps, mâchonnaient leur
mors et saluaient de la tête. Entre les pieds de
devant de chacun d'eux, sur le pavé, blanchissaient
de larges flaques d'écume. Les cavaliers sommeil-
laient, sombres sous leurs bonnets à poil, très
enfoncés sur les yeux.

Les lignes de soldats qui coupaient la petite
place pour contenir la foule s'étaient reculées plus
loin. Devant la prison, un carré de trois cents pas,
seul, demeurait évacué.

Je m'avançai vers un des cordons de troupe et
je regardai longtemps le peuple qui se pressait
derrière. Il criait comme une force de la nature,
c'est-à-dire stupidement.

Je me rappelle la figure d'un jeune blousard
d'une vingtaine d'années. Il se tenait la tête penchée et souriant comme s'il pensait à quelque
chose de très amusant et tout d'un coup il levait la
tête, ouvrait sa bouche grande et criait longuement sans articuler un mot, puis sa tête se pen-
chait de nouveau et il riait encore.

Qu'est-ce qui se passait dans cet homme? Pour-

quoi se condamnait-il à passer une nuit de tourments sans sommeil, à supporter une immobilité
presque de huit heures ?

Mon ouïe ne saisissait pas les propos indivi-
duels. Quelquefois seulement, à travers le brouhaha ininterrompu, perçait le glapissement aigu
des crieurs qui vendaient une brochure sur Troppmann, sur sa vie, son exécution et ses dernières
paroles. Ou bien, quelque part, au loin, surgissait
une dispute, un rire stupide, un piaulement de
femme satisfaite...

Cette fois j'entendis la *Marseillaise*, mais elle
n'était chantée que par cinq ou six personnes, et
encore avec des interruptions. Or, la *Marseillaise*
n'a toute sa signification que quand elle est
chantée par des milliers de voix.

— A bas Pierre Bonaparte ! hua une voix forte.

— Ouh ! Ah ! tempêta-t-on tout autour.

Les cris dans une partie de cette multitude
avaient pris soudainement le rythme mesuré d'une
polka connue sur l'air des *Lampions*.

On respirait l'atmosphère lourde des foules ; une
vapeur âcre montait... Tous ces corps étaient
imbibés de beaucoup de vin : il y avait là nombre
d'ivrognes. Ce n'est pas en vain que les mastro-

quels brûlaient en points rouges sur tout le fond
du tableau.

La nuit, de sombre qu'elle était, devint noire ; le
ciel rembruni devenait tout à fait noir.

Sur les arbres clairsemés qui se dressaient
comme des fantômes, l'on voyait de petites masses.
C'étaient des gamins qui les avaient escaladés. Ils
sifflaient et pioussaient comme des oiseaux per-
chés entre les rameaux. Un d'eux dégringola à
terre et se tua en se cassant la colonne vertébrale.
Mais sa chute ne provoqua qu'un rire qui ne dura
pas longtemps.

En revenant à notre appartement et en passant
près de la guillotine, je remarquai sur la plate-
forme le bourreau entouré d'un petit groupe de
curieux. Il faisait pour eux l'essayage. Il basculait
la planche dressée sur une charnière sur laquelle
on boucle le criminel et qui, en tombant, entre par
son extrémité dans la lunette entre les deux mon-
tants. Il faisait tomber la hache qui descendait
lourdement et sans entraves avec un ron-ron sourd
et précipité.

Je ne m'arrêtai pas pour voir cette répétition,
c'est-à-dire je ne montai pas sur la plate-forme :
le sentiment d'un grave péché inconnu et d'une

honte secrète augmentait toujours en moi. Peut-
être dois-je rapporter à ce sentiment que les
chevaux attelés à ces fourgons, et qui mangeaient
tranquillement de l'avoine dans des sacs devant la
porte de la prison, m'aient paru les seuls êtres
innocents parmi nous.

Je m'enfonçai de nouveau sur mon petit canapé
et je me mis de rechef à écouter le bruit du reflux
de la mer.

VII

A l'encontre de ce qu'on affirme ordinairement,
la dernière heure se passa plus vite que les premières, surtout que la seconde ou la troisième.
Nous fûmes tout étonnés d'apprendre que six
heures venaient de sonner et qu'une heure seulement nous séparait du moment de l'exécution.
Nous devions entrer dans la cellule de Troppmann
dans une demi-heure, juste à six heures et demie.

La somnolence disparut instantanément de
toutes les figures.

Je ne sais pas ce qu'ont senti les autres, mais mon cœur se serra fortement.

De nouvelles figures apparurent.

L'aumônier, petit homme à figure maigre, glissa comme un éclair dans sa longue robe noire d'abbé, sur laquelle tranchait le ruban rouge de la Légion-d'Honneur, couvert d'un chapeau bas aux larges ailes.

Le commandant nous a arrangé une collation. Dans le salon, sur la table ronde, apparurent de gros bols de chocolat... Je ne me suis même pas approché, quoique l'hôte hospitalier me conseillât de me réconforter, car *l'air matinal peut faire mal.* Prendre de la nourriture à ce moment me parut dégoûtant. Était-ce l'heure des festins, grand Dieu !

— Je n'en ai pas le droit, me disais-je pour la centième fois, depuis le commencement de cette nuit.

— Et lui, il dort toujours ? demanda quelqu'un parmi nous, avalant par petits coups son chocolat.

Tous parlaient de Troppmann sans le nommer: d'autre *lui,* il ne pouvait pas y en avoir.

— Il dort, répondit le commandant.

— Malgré ce bruit terrible ?

16

Et en fait, le bruit avait gravement augmenté et mugissait d'une voix rauque. Le chœur grondant n'allait plus *crescendo*, mais il hurlait victorieusement, joyeusement.

— Sa cellule est derrière une triple enceinte de murailles, répondit le commandant.

M. Claude regarda sa montre.

— Six heures vingt.

Je suis sûr que nous tressaillîmes tous intérieurement. Cependant, nous prîmes tranquillement nos chapeaux et nous suivîmes avec bruit notre guide.

— Où dînez-vous ce soir? demanda un chroniqueur à haute voix.

Mais cela parut par trop forcé.

VIII

Nous sortîmes sur la grande cour de la prison et là, dans un coin à gauche, devant la porte entr'ouverte, on fit quelque chose comme un appel nominal.

Après cela, on nous introduisit dans une chambre étroite et totalement vide, avec un seul tabouret en cuir au milieu.

— Ici, on fait la toilette du condamné, me chuchota à l'oreille Ducamp.

Nous ne pûmes pas y entrer tous. Outre le commandant, l'aumônier, M. Claude et son aide, nous étions dix personnes.

Pendant les deux ou trois minutes que nous passâmes dans cette chambre, — une formalité d'écriture quelconque se fit pendant ce temps, — l'idée que nous n'avions aucun droit de faire ce que nous faisions, qu'en assistant avec une gravité feinte à l'assassinat d'un être semblable à nous, nous jouions une comédie illégale et abominable, cette idée passa dans ma tête pour la dernière fois.

Aussitôt que nous nous mîmes en route de nouveau à la suite de M. Claude, dans un corridor large, pavé de pierres et faiblement éclairé par deux veilleuses, je ne sentis plus rien, sinon que ce serait bientôt, dans une minute, dans une seconde.

Nous montâmes précipitamment par deux escaliers, dans un autre corridor que nous parcourûmes également; puis nous descendîmes un étroit escalier tournant et nous nous trouvâmes en face d'une porte en fer.

— C'est ici.

Le gardien ouvrit avec précaution, la porte tourna sans bruit sur ses gonds et tous nous entrâmes doucement et sans parler dans une chambre assez vaste, aux murs jaunes et à la grande fenêtre grillée, avec un lit défait sur lequel personne n'était couché.

La lumière égale d'un grand quinquet éclairait assez nettement tous les objets. Je me tenais un peu derrière les autres et je me rappelle que je clignotais. Tout de même, je vis tout de suite un peu en biais, vis-à-vis de moi, une figure aux cheveux et aux yeux noirs se mouvoir lentement de gauche à droite. Elle nous enveloppait tous d'un grand regard rond.

C'était Troppmann.

Il s'était réveillé avant notre arrivée. Il se tenait devant la table sur laquelle il venait d'écrire à sa mère une lettre d'adieu d'ailleurs assez banale.

M. Claude leva son chapeau et s'approcha de lui.

— Troppmann, dit-il de sa voix sèche, ni haute
ni basse, mais sans réplique, nous sommes venus
vous informer que votre recours en grâce est
rejeté, et que l'heure de la réparation est arrivée
pour vous.

Troppmann leva vers lui ses yeux, mais le
grand regard de tout à l'heure n'y était plus. Il regardait tranquille, presque somnolent et ne dit pas
un mot.

— Mon enfant! s'écria l'abbé d'une voix sourde.
Et il s'approcha de lui de l'autre côté : du courage !

Troppmann le regarda de la même manière que
M. Claude.

— Je savais qu'il ne serait pas lâche, dit
M. Claude d'un ton de conviction, en se tournant
vers nous. Maintenant qu'il a reçu le premier choc,
j'en réponds.

Ainsi un professeur, voulant encourager son
élève, l'appelle d'avance brave garçon.

— Oh! je n'ai pas peur! dit Troppmann se
tournant encore vers M. Claude. Je n'ai pas
peur.

Sa voix, baryton agréable d'adolescent, était
tout à fait égale.

16.

L'abbé prit dans sa poche une petite fiole.

— Voulez-vous un peu de vin, mon enfant ?

— Non, merci, répondit Troppman avec un demi-salut courtois.

M. Claude s'adressa encore à lui.

— Vous continuez d'affirmer que vous n'êtes pas coupable du crime pour lequel vous êtes condamné ?

— Je n'ai pas frappé.

— Cependant..., essaya d'intervenir le commandant.

— Je n'ai pas frappé.

Les derniers temps, Troppmann commençait, à l'encontre de ses dires antérieurs, à affirmer qu'à vrai dire il avait amené la famille Kinck sur les lieux de l'assassinat, mais que ç'avaient été ses complices qui l'avaient tuée, et que même sa blessure à la main était due à ce qu'il eut l'idée de défendre un des petits enfants. D'ailleurs, pendant le procès, il mentit comme le de criminels avant lui.

— Et vous continuez d'affirmer que vous avez des complices ?

— Oui.

— Vous ne pouvez pas les nommer ?

— Je ne peux pas..... je ne veux pas..... je ne veux pas.....

La voix de Troppmann s'élevait, et sa figure s'illumina une seconde. Il parut qu'il allait se fâcher.

— Bien, bien, répondit en hâte M. Claude, comme s'il voulait montrer qu'il ne le questionnait que pour accomplir une formalité inévitable, et que maintenant il allait passer à autre chose.

Troppmann devait se déshabiller. Deux gardiens s'approchèrent de lui et commencèrent à lui enlever sa camisole de force, sorte de blouse de toile bleue grossière, avec des courroies et des boucles, avec de longues manches en sac, du bout desquelles descendaient des ficelles fortes serrées autour des reins et vers la taille.

Troppmann se tenait tourné de côté à deux pas de moi.

On aurait pu dire que sa figure était belle s'il n'avait eu une bouche proéminente en haut et en bas comme une bête, et désagréablement enflée, au fond de laquelle on voyait de mauvaises dents clairsemées disposées en éventail. Des cheveux épais, sombres, un peu brûlés, des sourcils longs, des yeux expressifs à fleur de tête, un front ouvert et blanc, un nez droit avec une petite bosse et de petites bandes de duvet noir sur le menton.....

Si vous rencontriez une figure semblable ailleurs qu'en prison, sans tous ces accessoires, elle produirait à coup sûr sur vous une bonne impression. De ces têtes-là, on en rencontre par centaines parmi les jeunes ouvriers, les élèves des écoles publiques, etc.

La taille de Troppmann était moyenne; il était d'une maigreur d'adolescent très svelte. Il me parut un éphèbe; d'ailleurs, il n'avait pas plus de vingt ans. La couleur de sa peau était tout à fait naturelle, saine, un peu rosée.

Il ne pâlit pas même à notre entrée. Il n'y avait pas à douter qu'il avait vraiment dormi toute la nuit.

Il ne levait pas ses yeux, et sa respiration était profonde et régulière, comme celle d'un homme qui monte avec précaution sur une grande montagne. Deux fois il secoua ses cheveux comme s'il voulait chasser une idée désagréable. Il releva la tête, jeta ses yeux vers le plafond et poussa un soupir à peine perceptible.

A part ce mouvement presque instantané, on ne voyait en lui aucun signe, non seulement de peur,

mais même d'émotion ou d'inquiétude. Nous autres, nous étions, sans aucun doute, plus pâles et
plus émus que lui.

Quand on lui délivra les mains des manches
à sac de la camisole, il soutint sur la poitrine cette même camisole avec un sourire de
contentement tandis qu'on le déliait par derrière.

Les petits enfants font ainsi quand on les désha-
bille.

Puis il enleva sa chemise, en passa une autre
propre qu'il boutonna avec soin. Il était étonnant
de voir les mouvements larges et libres de ce corps
nu, de ces membres nus sur le fond jaune des
murs de la prison. Ensuite il s'inclina, mit ses bottines en tapant fortement des talons et des semelles sur le plancher et contre le mur, pour que
ses pieds entrassent mieux et plus commodément.
Il faisait tout cela d'un air délié, vite, presque gai-
ment, comme si l'on était venu l'inviter à la promenade.

Il se taisait, nous nous taisions aussi et il nous
regardait, haussant involontairement les épaules
d'étonnement. Nous étions surpris de la simplicité de ses mouvements, une simplicité qui, comme

tous les actes naturels de la vie, était de l'élégance.

Un de nos camarades, que je rencontrai par hasard dans le courant de la journée qui suivit, me dit que pendant notre séjour dans la cellule de Troppmann, il pensait tout le temps que « nous n'étions pas en 1870, mais en 1794 », que « nous n'étions pas de simples citoyens, mais des jacobins qui menaient à l'exécution non pas un assassin vulgaire, mais un marquis légitimiste, un ci-devant, un talon rouge, monsieur ».

On sait que les condamnés à mort, après qu'on leur a lu le jugement, ou bien tombent dans une immobilité absolue, comme s'ils mouraient ou se décomposaient avant l'heure, ou bien font les bravaches, ou bien sont plongés dans le désespoir, pleurent, tremblent, demandent grâce.

Troppmann n'appartenait à aucune de ces trois catégories : il étonnait M. Claude lui-même.

Je remarquerai ici que si Troppmann avait commencé à crier et à pleurer, mes nerfs n'auraient pu le supporter et je me serais enfui. Mais devant cette tranquillité, devant cette simplicité, je dirai même cette modestie, tous mes sentiments de dégoût envers l'assassin sans pitié, envers ce monstre qui coupait la gorge aux enfants pendant qu'ils criaient « maman ! maman ! », enfin la pitié pour un homme que la mort s'apprêtait déjà à engloutir, se sont confondus en un seul : l'étonnement.

Qu'est-ce qui soutenait Troppmann ? Serait-ce, quoiqu'il ne pensât pas qu'il figurait devant les spectateurs, qu'il nous donnait sa dernière représentation ? Serait-ce la bravoure innée, l'amour-propre éveillé par les paroles de M. Claude, la pensée de la lutte, qu'il fallait mener jusqu'au bout, ou un autre sentiment encore inconnu ?

C'est un mystère qu'il emporta avec lui dans la tombe.

Il en est qui pensent encore que Troppmann ne jouissait pas de la plénitude de ses facultés. Je rappelais plus haut un avocat en chapeau gris que, d'ailleurs, je n'ai plus revu. L'inutilité, la bêtise de massacrer toute la famille Kinck peut, en quelque sorte, servir de base à cette conviction.

IX

Mais le voilà qui en a fini avec ses bottines. Il s'est redressé ; il s'est incliné comme pour dire : je suis prêt.

On lui met de nouveau la camisole de force.

M. Claude nous demande à tous de sortir, et de laisser Troppmann seul avec l'abbé.

Nous n'attendîmes pas plus de deux minutes dans le corridor. Sa petite silhouette, la tête droite et bravement rejetée en arrière, revint encore parmi nous. Le sentiment religieux était en lui faible, et probablement il accomplit en pures formalités les derniers actes de repentir devant l'abbé qui lui remettait ses péchés.

Tout notre groupe, Troppmann au milieu, monta immédiatement l'escalier étroit en spirale que nous avions descendu un quart d'heure avant, plongé dans une complète obscurité. Le quinquet s'était éteint.

Ce fut une minute terrible.

Nous nous pressions tous d'atteindre le haut. On

entendait le claquement précipité et brutal de nos pieds sur les dalles des marches. Nous nous poussions, nous nous heurtions de l'épaule. Un de nous perdit son chapeau. Quelqu'un derrière criait avec colère :

— Mais, pour Dieu ! allumez donc la bougie, éclairez donc.

Et ici même, entre nous, dans une obscurité complète, notre compagnon, ce malheureux contre lequel nous nous pressions, comment était-il, lui ?

Ne lui viendrait-il pas à la tête, en mettant à profit l'obscurité, de se jeter... où ? n'importe où, dans un coin éloigné de la prison, et là, de se casser la tête contre le mur. Au moins, il l'aurait fait lui-même.

Je ne sais si cette pensée venait aux autres, mais elle était gratuite. Tout notre groupe, avec le petit homme au milieu, émergea des profondeurs de l'escalier dans le corridor. Évidemment, Troppmann appartenait à la guillotine, et la marche vers elle commença.

X

Cette marche ressemblait fort à une fuite.
Troppmann marchait devant nous, à pas pressés,
élastiques, presque sautillants. Il se hâtait, évidemment, et nous autres nous nous hâtions à sa
suite. Quelques-uns le devançaient même, à droite
et à gauche, pour le regarder encore une fois dans
la figure. Ainsi, nous brûlâmes le corridor, nous
descendîmes un autre escalier. Troppmann sautait
quatre à quatre. Nous parcourûmes un autre corridor, nous sautâmes encore plusieurs marches et
nous nous trouvâmes dans la chambre avec un
seul tabouret, dont j'ai déjà parlé et où se fait la
toilette du condamné.

Nous entrâmes par une porte et, par la porte
opposée, à pas graves, cravaté de blanc, habillé de
noir, tout juste avec la mine d'un diplomate ou
d'un pasteur, parut le bourreau.

Derrière lui entra un petit vieillard, grassouillet,
cravaté de noir, son premier aide, le bourreau de
la ville de Beauvais.

Le petit vieux tenait dans sa main un petit sac
en cuir.

Troppmann s'arrêta devant le tabouret. Tous se
rangèrent autour de lui. Le bourreau et son aide,
le petit vieux, se mirent à sa droite ; l'abbé, également à droite, un peu en avant.

Le vieux ouvrit avec une clef la serrure du sac.
Il prit quelques courroies de cuir cru avec des
boucles, des longues et des courtes, et, s'étant age-
nouillé avec peine derrière Troppmann, il commença à lui lier les pieds. Troppmann, involontairement, mit son pied sur le bout d'une de ces
courroies. Le petit vieux essaya de la dégager, dit
par deux fois :

— Pardon, monsieur.

Puis il toucha Troppmann au mollet. L'autre se
retourna tout de suite avec son habituel demi-salut
courtois, leva le pied et dégagea la courroie.

L'abbé, pendant ce temps, lisait à mi-voix les
prières en français dans un petit livre.

Deux autres aides s'approchèrent, enlevèrent
rapidement la camisole de Troppmann, lui pla-
cèrent les mains derrière le dos, les lièrent en
croix et lui couvrirent tout le corps de courroies.
Le bourreau-chef donnait des ordres, indiquant de

son doigt tantôt par ci, tantôt par là. Il arriva qu'il
n'y avait pas la quantité nécessaire de trous sur
les courroies pour les clous des boucles. Celui qui
avait fait les trous comptait sans doute sur un
homme fort. Le petit vieux commença à fouiller
dans son sac, puis mit la main dans chacune de
ses poches et, après y avoir bien tâté, il sortit fina-
lement d'une d'elles une petite alène recourbée à
l'aide de laquelle il se mit à creuser la courroie
avec effort. Ses doigts malhabiles, enflés par la
goutte, lui obéissaient très mal. En outre, le cuir
était épais et neuf. Il faisait un trou, essayait : il
fallait creuser encore.

L'abbé, probablement, devina que l'affaire ne
marchait pas. Par deux fois il regarda par dessus
l'épaule, ralentissant les mots de la prière pour
donner au vieux le temps de se tirer d'affaire.

Enfin, l'opération, pendant laquelle, je l'avoue
franchement, une sueur froide m'avait envahi,
était finie. Tous les clous étaient entrés où il fallait.....

Une autre formalité succéda au bouclage.

On pria Troppmann de s'asseoir sur le tabouret
devant lequel il se tenait. Le même vieillard
goutteux allait procéder à la taille des cheveux. Il

sortit de petits ciseaux et, tordant ses lèvres, coupa d'abord avec précaution le col de la chemise de Troppmann, de la même chemise qu'il avait passée tout à l'heure et de laquelle on eût pu couper le col à l'avance. La toile était toute plissée et ne cédait pas au tranchant peu aiguisé.

Le bourreau-chef jeta un coup d'œil sur la besogne et parut mécontent : la découpure n'était pas assez grande. Il indiqua de sa main : le petit vieux goutteux recommença son travail et découpa encore un assez grand morceau de toile. Le dessus du dos était mis à nu, les omoplates en vue.

Troppmann fit un mouvement : il faisait froid dans la chambre.

Alors le vieux passa aux cheveux. Il posa sa main gauche grassouillette sur la tête de Troppmann, qui la courba aussitôt avec obéissance, et de la droite il se mit en devoir de lui tailler les cheveux.

Des mèches de cheveux châtains, épais, glissaient sur les épaules, tombaient sur le parquet. Une d'elles glissa jusqu'à ma bottine.

Troppmann courbait toujours la tête avec obéissance ; l'abbé ralentissait encore plus le récitatif de la prière.

Je ne pouvais détacher mon regard de ces mains jadis souillées de sang innocent, et maintenant posées l'une sur l'autre sans défense; je ne pouvais surtout abandonner des yeux ce cou fin d'adolescent. L'imagination, malgré moi, traçait sur lui un rayon transversal.

— Ici, pensai-je, dans quelques moments, en brisant les vertèbres, en tranchant les muscles et les nerfs, traversera la hache de deux cents kilos.

Et le corps, semblait-il, ne s'attendait à rien de semblable, tant il était lisse, blanc et bien portant.....

Involontairement, je me posais cette question :

— A quoi pense en ce moment cette tête si doucement penchée? Se tient-elle avec obstination et, comme on dit, en serrant les dents à la seule idée de ne pas faiblir? Ou bien des souvenirs du passé y passent-ils en tourbillons extrêmement variés et peut-être insignifiants! Voit-elle la grimace agonisante d'un membre quelconque de la famille Kinck, ou bien tâche-t-elle simplement de ne rien penser, cette tête, et ne fait-elle que se répéter à elle-même : *ce n'est rien....., moins que rien....., nous allons voir?*

Elle le répétera jusqu'à ce que la mort croulera sur elle, alors qu'il ne sera plus temps de se désoler.....

Et le petit vieux coupait, coupait toujours. Les cheveux grinçaient sous l'étreinte des ciseaux.

Enfin, cette opération aussi fut finie.

Troppmann se leva brusquement et secoua la tête.

Généralement, à ce moment, ceux des condamnés qui peuvent encore parler adressent leurs dernières suppliques au directeur de la prison, rappellent les dettes laissées ou leur argent, remercient les gardiens, prient de remettre à leurs parents le dernier billet ou bien une mèche de cheveux avec leur suprême adieu.

Mais Troppmann, évidemment, n'était pas un condamné ordinaire. Il dédaignait de pareilles *tendresses* et ne prononça pas un seul mot. Il attendait silencieusement.

On lui jeta sur les épaules une veste courte. Le bourreau le prit par le coude.

— Voyons, Troppmann, clama la voix de M. Claude dans ce silence de tombeau, maintenant, dans un moment, tout sera fini. Vous persistez à déclarer que vous avez des complices?

— Oui, monsieur, je persiste, répondit Troppmann, avec le même baryton agréable et ferme, et
il s'inclina un peu en avant, comme s'il s'excusait
courtoisement et regrettait de ne pouvoir répondre
autrement.

— Eh bien ! allons ! dit M. Claude. Et nous nous
mîmes tous en route.

Nous sortîmes sur la grande cour de la prison.

XI

Il était sept heures moins une minute, mais le
ciel était à peine éclairci et la même vapeur
sombre enveloppait tout et effaçait les contours
des objets.

Le mugissement de la foule nous parvint en flot
incessant et terriblement houleux, à peine eûmes-
nous franchi le seuil.

Sur les pavés de la cour notre petit groupe, qui
était déjà devenu moins compact, se dirigeait très
rapidement vers les portes. Quelques-uns de nous
étaient restés en arrière et moi aussi, quoique je

marchasse avec les autres, je me tenais un peu à l'écart.

Troppmann trottait à pas pressés et menus. Les liens l'empêchaient de marcher. Comme il me paraissait maintenant petit, presque un enfant!

Tout d'un coup, lentement, comme une gueule, s'ouvrirent les deux battants des portes accompagnés en même temps d'un grand rugissement de la foule réjouie, satisfaite. Soudain, le monstre de la guillotine nous regarda avec ses deux poteaux noirs et le couperet suspendu.

J'eus un frisson qui me glaça jusqu'au cœur. Il me sembla que le froid envahissait la cour par les portes. Cependant, je regardais encore une fois Troppmann. Il se rejeta en arrière, la tête haute, en pliant les genoux, comme si quelqu'un lui donnait un coup dans la poitrine.

— Il va s'évanouir, chuchota quelqu'un près de moi.

Mais il se redressa tout de suite et d'un pas ferme alla de l'avant.

Sur ses pas, ceux de nous qui voulaient voir comment sa tête tomberait se jetèrent dans la rue..... Moi, je n'eus pas assez d'empire sur moi-même. Le cœur serré, je m'arrêtai devant la porte.

17.

J'ai vu le bourreau se dresser brusquement comme une tour noire, sur le côté gauche de la plate-forme. J'ai vu Troppmann se séparer du groupe resté en bas et commencer à gravir les marches. Il y en avait dix, dix marches entières ! Je l'ai vu s'arrêter et se tourner en arrière : je l'entendis dire :

— Dites à M. Claude..... (1).

Puis, comme il apparaissait en haut, des hommes de la droite et de la gauche se précipitèrent sur lui, comme une araignée sur une mouche.

Ensuite je l'ai vu tomber en avant et j'ai vu ses semelles battre l'air.

Mais alors je me détournai et j'attendis. La terre paraissait se dérober sous mes pieds.....

Il me sembla que j'attendis terriblement longtemps (2).

J'eus le temps de remarquer qu'à l'apparition de

(1) Je n'ai pas entendu la fin de la phrase. C'était : *Dites à M. Claude que je persiste.* Troppmann ne voulait pas se priver de cette dernière joie de laisser le tourment du doute dans la tête de ses juges et du public.

(2) En réalité, depuis le moment ou Troppmann mit le pied sur les degrés de la guillotine jusqu'au moment où on jeta son cadavre dans le panier, il ne s'écoula que vingt secondes.

Troppmann le bruit de la foule se tut comme un monstre qui s'endort.

Un silence sans respiration.

Devant moi se tenait une sentinelle, un jeune garçon aux joues roses. Je pus remarquer qu'il me regardait avec une surprise stupide, avec terreur. J'eus même le temps de penser que ce soldat pouvait être né, dans un petit village perdu, d'une bonne et paisible famille..... Et ce qu'il voyait maintenant !

Enfin retentit un bruit léger de bois qui se heurtent. C'était la chute de la lunette supérieure avec la découpure transversale pour laisser passer le tranchant, la lunette qui prend le cou du criminel et rend sa tête immobile ; puis quelque chose gronda sourdement, roula et éructa comme si un grand animal eût craché. Je ne puis trouver une comparaison plus exacte.

Tout se couvrit d'un brouillard.

Quelqu'un me soutint par le bras ; je regardais : c'était l'aide de M. Claude, M. J..., que, comme je l'ai su après, mon ami Maxime Ducamp avait chargé de m'observer.

— Vous êtes très pâle, voulez-vous de l'eau, me dit-il en souriant.

Je le remerciai et je retournai dans la cour qui m'apparut, à ce moment, comme un refuge contre la terreur qui sévissait hors des portes.

XII

Notre société se réunissait au poste, près de la porte, pour prendre congé du commandant et laisser à la foule le temps de se disperser.

Je m'y rendis et j'appris qu'étant déjà sur la planche, Troppmann détourna soudain la tête, si bien qu'elle n'entra pas dans la lunette, et que les bourreaux furent obligés de l'y traîner par les cheveux. A ce moment, il mordit l'un d'eux, le bourreau-chef, au doigt.

Aussitôt après l'exécution, pendant que le corps, jeté dans la charrette, s'en allait dare-dare, deux hommes, profitant du tumulte inévitable, auraient pu rompre le cordon des soldats et, en rampant vers la guillotine, tremper leurs mouchoirs dans le sang qui filtrait à travers les fentes du plancher.....

Mais j'entendais toutes ces conversations comme dans un rève. Je me sentais très fatigué, et je n'étais pas le seul. Tous paraissaient épuisés, quoique tous, apparemment, se sentissent mieux, comme si leurs épaules fussent débarrassées d'un grand poids.

Mais *personne de nous, absolument personne, n'avait l'air d'un homme qui a assisté à l'exécution d'un acte de justice sociale.* Chacun tâchait de se détourner de cette idée et de rejeter la responsabilité de cet assassinat.

Nous prîmes, Ducamp et moi, congé du commandant, et nous rentrâmes chez nous.

Un océan entier d'êtres humains, hommes, femmes et enfants, roulait devant nous ses flots disgracieux et malpropres.

Presque tous se taisaient.

Seuls, les blousards s'apostrophaient çà et là.

— Où vas-tu ?

— Et toi ?

Et les gamins saluaient de sifflets les cocottes qui passaient en voiture.

Quelles figures mornes, haves et somnolentes ! Quelle expression de fatigue, de déception, de dépit flasque, sans motif aucun ! D'ailleurs, je n'ai pas vu beaucoup d'hommes ivres. Peut-être avait-on en déjà le temps de les ramasser, ou bien ils s'étaient dessoûlés d'eux-mêmes.

La vie de tous les jours emportait encore ces gens-là.

Pourquoi, pour quelle sensation étaient-ils sortis des rails de leur existence ? Il est terrible de penser à ce qui se cachait là-dessous.

A deux cents pas à peu près de la prison, nous trouvâmes un fiacre vide dans lequel nous montâmes.

Pendant la route, nous discutâmes, Ducamp et moi, ce que nous avions vu et à propos de quoi peu avant, dans la *Revue des Deux-Mondes*, il avait écrit des paroles si éloquentes et si vraies. Nous parlions de la barbarie inepte et superflue de toute cette procédure du moyen-âge, grâce à laquelle l'agonie d'un criminel dure trente minutes, de six heures vingt-huit à sept heures....., du dégoût de tous ces travestissements, de cette coupe de cheveux, des voyages par les escaliers et les corridors.....

De quel droit fait-on tout cela ? Comment soutenir cette routine révoltante ? La peine de mort elle-même pouvait-elle être justifiée ?

Nous avons vu quelle impression produit ce spectacle sur le peuple : l'édification de ce spectacle n'existe pas du tout. A peine le millième de la foule, pas plus de cinquante à soixante personnes, a-t-il pu, dans le crépuscule de cette heure matinale, à une distance de plus de cinquante pas, voir quelque chose à travers les lignes de soldats et les croupes des chevaux. Et les autres ? Quelle utilité, si minime qu'elle soit, ont-ils pu tirer de cette nuit d'insomnie, d'ivresse, de fainéantise et de perversion ?

Je me rappelai le jeune blousard qui criait niaisement et dont j'observai la figure pendant quelques minutes. Se remettra-t-il aujourd'hui au travail en homme qui hait plus qu'avant la fainéantise et le vice ?

Moi-même, quel profit en ai-je tiré ? Un sentiment d'admiration involontaire pour l'assassin, le monstre moral qui a pu faire preuve de mépris pour la mort. Est-ce que le législateur peut désirer des impressions pareilles ? De quel *but moral* peut-on encore parler après tant de démentis donnés par l'expérience.

Je ne veux pas disserter. Cela m'entraînerait trop loin.

Qui donc ignore que la question de la peine de mort est une de ces questions à l'ordre du jour, irrémissibles, à la résolution desquelles travaille l'humanité contemporaine.

Je serais content et je me pardonnerais à moi-même une curiosité mal placée, si mon récit donnait quelques arguments aux défenseurs de l'abolition de la peine de mort, ou du moins à l'abolition de sa publicité.

Ivan TOURGUÉNEFF.

1870.

FIN

TABLE

Paris. — Typ. A.-M. BEAUDELOT, 9, place des Vosges.

LES
MALAVOGLIA

ROMAN TRADUIT DE L'ITALIEN

DE GIOVANNI VERGA

Par Édouard ROD

Un volume in-18 jésus à 3 fr. 50.

TROISIÈME ÉDITION

« M. Édouard Rod, le romancier apprécié de *La Course à la Mort* et de *Tatiana Leiloff*, vient de publier un curieux roman du vériste Verga. M. Verga est le chef de l'école réaliste italienne, et ses *Malavoglia*, roman de mœurs populaires siciliennes, ont eu de l'autre côté des Alpes le succès de *L'Assommoir*. Paysans, marins, pêcheurs, y sont peints avec cette résignation stoïque qui donne à leurs rudes figures une singulière grandeur, et l'on s'intéresse passionnément aux hôtes de la maison du Néflier. M. Édouard Rod est demeuré, comme traducteur, l'artiste consommé que nous connaissons, et, grâce à l'habileté de sa version, nous ne doutons pas que les *Malavoglia* retrouvent à Paris leur vogue transalpine. »

(*Le Temps.*)

L'ALLEMAGNE INTIME

Par HENRI CONTI

UN VOLUME IN-18 JÉSUS A 3 FR. 50

Quatrième édition.

« *L'Allemagne intime* est un ouvrage de valeur qui comble une lacune dans notre littérature. Ce n'est plus un livre écrit de chic, où nos ennemis sont parodiés en de légères esquisses, mais une œuvre de conscience · dans laquelle l'Allemagne, mise en constant parallèle avec la France, est dépeinte dans la vérité avec ses défauts et ses vices, mais aussi avec ses qualités. Chacun des tableaux est écrit sans parti-pris, quoique en certaines pages, les plus belles, le patriotisme déborde, un patriotisme sain, ainsi que l'auteur le dit lui-même, puisé dans le cœur et dans le culte du devoir. M. Henri Conti entre dans les détails de la vie ; il décrit les modes, les coutumes, les habitations, la cuisine même, sans toutefois négliger les graves questions sociales, dont quelques-unes sont traitées avec une grande profondeur et toujours en une langue limpide, nette et imagée, qui est un des charmes de cet ouvrage, appelé certainement à un grand succès.

« *L'Allemagne intime* est un livre à lire. »

(*Le Soir.*)

LE BILATÉRAL

Mœurs révolutionnaires parisiennes

PAR J.-H. ROSNY

Un volume in-18 jésus à 3 fr. 50.

« Le *Bilatéral*, par J.-H. Rosny, est un grand roman très littéraire qui étudie scrupuleusement les milieux révolutionnaires du Paris contemporain. Certains chapitres, plus spécialement mouvementés ou dramatiques, sont, croyons-nous, appelés à un succès éclatant : *L'Exécution du mouchard Ternand, Une Réunion des Anarchistes, Le Meeting de la Semaine sanglante, L'Échauffourée du Père-Lachaise, L'Attentat Malicaud, Le Tumulte de la salle Farié, Les Disputes à la Bourse, Le Complot des anarchistes Lesclide et consorts*, ce sont là autant de clous qui feraient chacun, pris à part, la fortune d'un drame, à moins que Dame Censure... *Le Bilatéral* vaut mieux encore que le premier roman de J.-H. Rosny, *Nell-Horn*, que les critiques du *National*, du *Livre*, de la *Justice*, des *Lettres et Arts*, ont désigné comme un des meilleurs ds la saison dernière. Tout le monde voudra donc lire ce roman, d'une intrigue très attachante, qui renferme des pages d'une grande nouveauté littéraire. » *(L'Écho de Paris.)*

Du même auteur :

Nell-Horn (mœurs londonniennes), 2ᵉ édition . . . . 3 fr. 50

TRÈS RUSSE

Par Jean LORRAIN

Un volume in-18 jésus à 3 fr. 50

DEUXIÈME ÉDITION

« M. Jean Lorrain, qui publiait, en novembre dernier, un roman très remarqué dans le monde littéraire,
Les Lépillier, vient de mettre en vente une très piquante étude de femme slave, intitulée : *Très Russe*.
Cette étude osée d'aventurière arrivée, raffinée et bar-
bare, d'une note sceptique, parfois railleusement atten-
drie, est aussi pleine de révélations inattendues sur la
colonie slave du second Empire que d'observation mor-
dantes sur certains personnages en vogue du monde
des lettres, qui donnent à ce livre l'attrait particulier
des Mémoires défendus. Deux nouvelles aux héroïnes
transparentes et l'ironique aventure d'une célèbre
Egérie de Salon avec un poète de boudoir font de ce
livre un des plus fins régals d'observations littéraires et
mondaines que nous ayons lus depuis l'autre hiver. »

(*Le Figaro.*)

Du même auteur :

Les Lépillier (mœurs de province), 2e édition . . . . 3 fr. 50

LA COMTESSE GENDELETTRE

Mœurs parisiennes

Par Louis TIERCELIN

UN VOLUME IN-18 JÉSUS A 3 FR. 50

Deuxième édition

« C'est l'histoire d'une mondaine qui s'entoure de poètes, de peintres et de sculpteurs, et qui, selon le favori du moment, publie des volumes, brosse des toiles, expose des statues. Tout un monde de ratés et d'impuissants, dont on lèvera facilement les masques, s'agite autour de cette personnalité, caricaturés avec un talent saisissant.

« Cette étude psychologique est traitée à travers les péripéties d'un drame intense. Par l'étude soucieuse des caractères, par la vérité des types représentés, par la conduite de l'intrigue, ce roman ne peut manquer d'intéresser au plus haut degré les gens du monde et les artistes. »

(*Le Gaulois.*)